1

# Zweisprache

Daniela Noitz

**Impressum:**
Zweisprache
Copyright @ 2015
Daniela Noitz
daniela.noitz@a1.net
www.nachtgedanken.at
www.die-erzaehlerin.blogspot.co.at

ISBN 9783738645491

Herstellung und Verlag:
BoD - Books on Demand, Norderstedt

Zweisprache lebendigen Atems
Zweisprache der Annnährung
Zweisprache des Erkennens
Zweisprache des Verwebens
Zweisprache des Verlierens
Zweisprache der Sehnsucht
Zweisprache des Wiederfindens
Zweisprache aus Ich und Ich
Zweisprache aus Du und Du
Zweisprache bis zum Wir
Zweisprache der Veränderung
Zweisprache der Treue

4

# Zweisprache I

„Es gibt kein Oben und kein Unten mehr, keine Unterdrückte und keine Unterdrücker, im Blick, der sich in Liebe spricht. Und ich sehe den Himmel, der sich über uns wölbt."

„Es gibt kein Oben und kein Unten mehr, nur den Augenblick, den Blick der Augen, der sich uns finden lässt, ineinander finden, und der Himmel ist unser Dach, denn die Freiheit haben wir uns geboren."

„Es gibt kein Oben und kein Unten mehr, keine Unterdrückte und keine Unterdrücker, im Blick, der sich in Liebe spricht. Und ich sehe den Himmel, der sich über uns wölbt."

„Es gibt kein Oben und kein Unten
mehr, nur den Augenblick, den Blick der
Augen, der sich uns finden lässt,
ineinander finden, und der Himmel ist
unser Dach, denn die Freiheit haben wir
uns geboren."

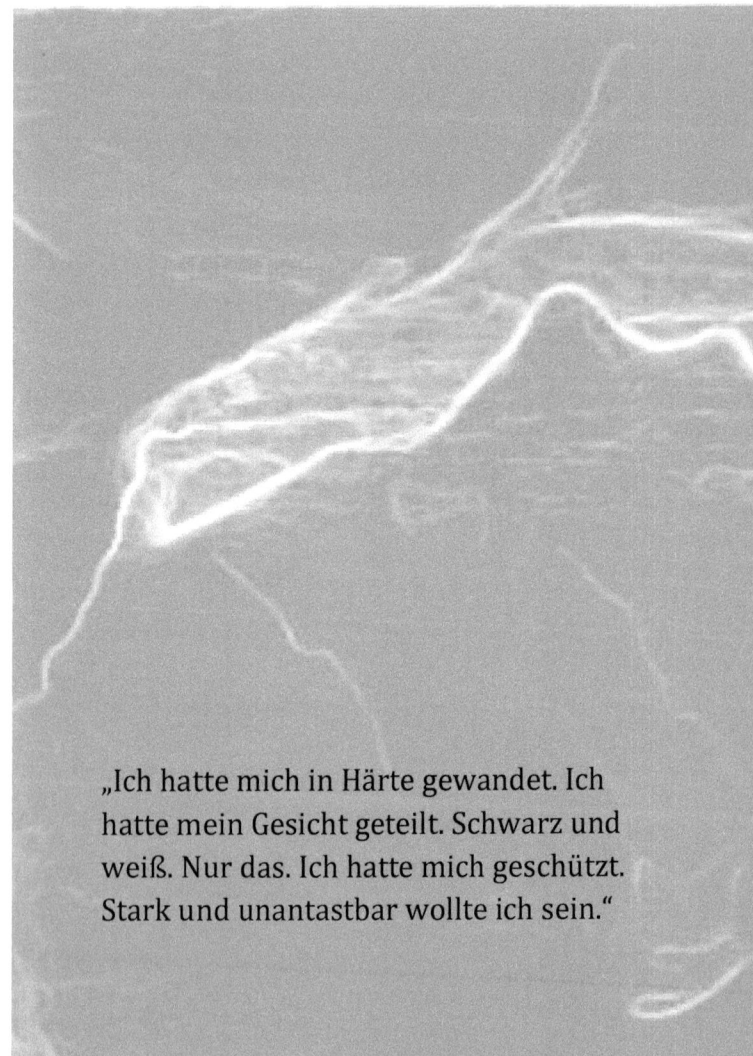

„Ich hatte mich in Härte gewandet. Ich hatte mein Gesicht geteilt. Schwarz und weiß. Nur das. Ich hatte mich geschützt. Stark und unantastbar wollte ich sein."

„Und ich war verstört über Deine Härte. Deine Unzulänglichkeit. Schwarz und weiß war Dein Blick. Eingeengt, verhärtet. Ich wollte Dir die Farben des Regenbogens, die Nuancen des Lebens zeigen."

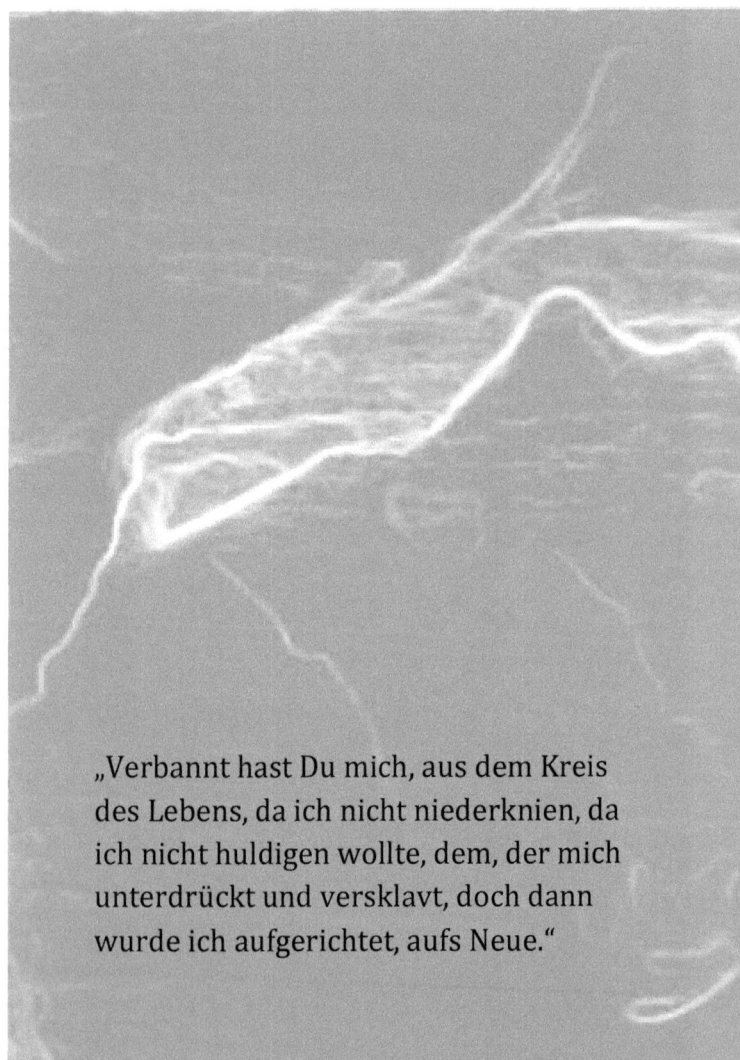

„Verbannt hast Du mich, aus dem Kreis
des Lebens, da ich nicht niederknien, da
ich nicht huldigen wollte, dem, der mich
unterdrückt und versklavt, doch dann
wurde ich aufgerichtet, aufs Neue."

„Stärker und voller als je zuvor, meine Liebste, hast Du Dich aufgerichtet, denn das Wort war Liebe, war Hingabe, und der Blick war Nahrung, war Überfluss, so dass ich zu Dir aufblicke, und Du mich erhebst zu Dir."

„Auflösung. Ich kenne mich nicht wieder. Ich will nicht auf Dich zugehen, nicht in Dich eingehen. Es ist, als würde ich auf dem Weg mich selbst verlieren. Was machst Du mit mir, wenn Du es einfach zulässt, dass ich nichts mehr kenne was vormals Ich war, nichts mehr wiedererkenne, was ich mir benannte?"

„Meinst Du, Du kannst auf mich zugehen, in mich eingehen, und einfach bleiben, in dem was war? Meinst Du, Du kannst die Bruchstückhaftigkeit eines Ehemals einfach beibehalten? Meinst Du, Du kannst lieben und ganz bleiben?"

„Eingebettet bin ich in Deinen Blick, der
mir die Welt neu schafft, in Deinen
Blick, der mich neu schafft und doch
nur das in mir entfalten lässt, was als
Möglichkeit schon immer vorhanden
war, was Leben in mir war."

„Niemals hätte ich gewagt es zu fördern. Niemals hätte ich auch nur geahnt was es sein könnte, was es werden könnte, als ich Dich umwarb mit meinem Blick. Du wardst Annahme und Hoffnung und Gabe."

„Mein Haar ist widerspenstig. So wie
ich. Wer sagt, dass das so sein kann,
einfach so sein kann, nur weil Du sagst,
dass es so sein kann. Mein Haar sperrt
sich gezähmt zu werden in eine
Beruhigung. So wie ich."

„Widerspenstigkeit hat ihren Reiz. Ich fasse Dich unter. Ich will Dich zähmen, doch nicht zwingen, will Dich mir vertraut machen, aber nicht unterwerfen, denn der süße Glanz der Freiheit lässt Dich mir erblühen."

„Ich bin. Dein Blick folgt meinen
Konturen und formt sie. Hügel und
Täler, die sich ereifern Dir zu gefallen,
Dir zu Gefallen zu sein, denn Du gibst
ihnen Stabilität und Eindruck. Ich bin, in
Deinem Blick."

„Und ich will nichts als Dich ansehen, jeden Teil von Dir mit meinen Augen willkommen heißen, ihn mir einprägen, und das Bild in mir immer neu werden lassen, immer mehr komplettieren."

„Komm zu mir, mein Freund. Du bist müde. Die Erschöpfung steht in Deinen Augen. Komm zu mir, mein Freund. Labe Dich an mir. Trink von mir. Lass Deine Lippen Heimat finden an meinem Körper. Bette Dich bei mir und finde Ruhe."

„Ich eile zu Dir, meine Freundin, und nichts könnnte mich mehr laben, als der süße Geschmack Deiner Haut. Ich will mich erfreuen an Deiner satten Weiblichkeit. Stärke und Kraft schöpfen aus Deiner Zuwendung, so sanft und warm."

„Dein Blick wird zum Raum, in dem ich mich bewege. Dein Blick, der mich rundet. Rund und warm trete ich Dir entgegen, weiblich, geerdet und offen. Nimm mich in Deinen Blick und lass mich sein."

„Ich will ihn Dir schenken, diesen Raum,
in dem Du Dich offenbaren, sehen
lassen kannst, in dem Du Dich entfalten
und erblühen kannst, in dem Du mich
sehen lässt und sehend machst."

„Weit war Dein Weg, weit und hart,
rastlos und unstet Dein Wesen, bis Du
die Höhle erreichtest, die Dir Aufenthalt
und Schutz bot. Heimat zu finden, um
Dich zu bergen und zu wärmen. Hier
wirst Du Ruhe finden."

„Wo ich Ruhe finde und die Spannung
aus mir weicht, spüre ich, wie ich
erstarke und die Höhle erfülle, die mir
Einlass gewährte, mich in sie zu
bewegen, in ihr zu bewegen, sie zu
erobern und zu bewohnen, mit mir."

„Ich will es wachsen lassen, wie den Keimling in meiner Hand. Und ich ward neu. Der Blick, der mich in die Ungewissheit schleuderte, wendete mich zur Freiheit. So erstehe ich neu, in einen neuen Anfang, in ein neues mich Fühlen, in ein neues Erfüllen."

„Wo Du die Gebrochenheit hinter Dir ließt, wurdest Du neu, wurdest Du heil und ganz, und ich vermag Dich zu sehen, wie Du wirklich bist, wie Du niemals wagtest zu sein. Komm zu mir, meine Venus, Schaumgeborene, kraftvoll und stark."

„Du hast mich hineingestellt in mein
Dir-sein, und darin werde ich mehr,
immer mehr. Du machst mehr aus mir,
als dieses eine, kleine Ich, machst mehr
aus mir als Vereinzelung, machst mehr
aus mir als Subjekt, machst Du aus mir."

„Du hast Dich in mich eingelassen, und ich habe Dich mir entdeckt, habe Dich ausgekostet, ohne je zu Ende zu kommen, habe mich an Dir gesättigt, ohne je ganz an den Grund zu kommen, habe mich in Dir ergangen und Dich doch nie ganz durchschritten."

„Und selbst wenn ich mich verberge,
hinter Masken und Tarnungen. Selbst
wenn ich meine mich verstellen und
hintanhalten zu können, so siehst Du es
doch, das Feuer, das Du in mir entzündest,
das mich Glühen lässt für das Leben, das
sich mir je und unverhofft eröffnete."

„Und selbst wenn Du Dich noch so verschleierst, wenn Du mich abhalten möchtest Dir immer mehr zu verfallen, so kannst Du den Glanz in Deinen Augen nicht verstellen, der mich in Dir je neu werden lässt, sterbend und auferstehend."

„Hast Du des nicht gewollt? Hast Du es denn nicht immer so gewollt, erbeten, erhofft, erträumt, ersehnt? Warum dann so zurückhaltend? Warum so zaghaft? Willst Du denn nicht emporragen bis zu den Gipfeln?"

„Gewollt, erbeten, erhofft, erträumt, ersehnt, und ich halte mich nicht zurück, nehme Dich an, nehme Dich, weil ich mich emporschwinge, bis zu den Gipfeln, weil ich Dich auflade um sie mit Dir zu erklimmen."

„Stückwerk. Alles bloß Stückwerk.
Verhärtete Fronten. Mauern, die stehen.
Ecken, die erhärten. Und das
Durcheinander. Und die
Unzugänglichkeit. Und die
Trostlosigkeit. Und der Schmutz der
Alltäglichkeit."

„Nichts lässt sich zwingen. Niemand lässt sich zwingen. Härte mit Sanftmut begegnet wird rund. Ungeordnet mit Geduld zu begegnen schafft Verkettungen. Und die Ecken werden aufgebrochen in die Weite."

„Wenn es wäre, dass Du mich pfählst
und mich meiner Bewegungsfreiheit
und meiner Sprache und meines Tuns
beraubtest, so könntest Du doch nicht
hindern, dass sich meine Bewährung in
meinen Augen spiegelt."

„Und wenn ich alle Möglichkeiten hätte
Dich zu fesseln und an mich zu binden
und zu zwingen, wenn ich freie Hand
hätte, so würde ich sie doch nur nutzen,
Dich in die Freiheit zu führen, die Dir
meine Liebe eröffnet."

„Ich habe mich entschlungen. Ich habe mich zurückgezogen in mich selbst. Ich habe mich unkenntlich gemacht. Zu viel von oben herab. Zu viel über mich hinweg. Und ich wende mich ab von dem, was mich doch nicht loslässt, was mich bindet."

„Die Verbitterung lässt Dich taub werden für meine Zuwendung, manifestiert die Abwendung und hindert Dich zu erreichen. Ich will nicht heucheln und mich nicht verstellen, aber ich werde da sein, wenn Dein Blick zurückfindet zu dem, was Dich bindend freisetzt."

„Es gibt nichts weiter zu bedenken.
Süße, leichte Gedankenlosigkeit,
eingebettet in unbegrenztes Wohl-Sein.
Ich umfasse mich, und im Umfassen bin
ich Deine Umarmung, bin ich die, die Du
berührt hast."

„Darstellung Deiner Selbst in wohliger, unverstellter Zufriedenheit, die mich betört und beseelt und bestätigt, und mich antreibt Dich immer wieder darin sehen zu wollen, Dich darin zu führen."

„Habe ich mich bisher versteckt in der
Umschlingung meiner Arme, so gebe ich
mich nun frei. Ungeschützt und
unerschrocken lasse ich mich sehen
und erkennen und erwärmen und
erlieben."

„Du hast die Rüstung, die Panzerung
abgeworfen und ich darf Dich
annehmen, unverstellt und unmaskiert,
unverdeckt Deiner Aufforderung
nachgehen. Und mein Auf-Dich-
Zugehen ist ein In-Dich-gehen."

„Ich lasse mich. Ich lasse mich einfach
los. Biegung. Streckung. Aufbäumen.
Sinken. Ich lasse mich. Es geschieht mit
mir. Ich lasse mich. Es geschieht auf
Dich zu. Ich lasse mich. Du geschiehst
mir."

„Du überlässt Dich. Meine Hand liegt in der sanften Biegung über Deinen Hinterbacken. Du lässt Dich. Du steigst auf und ab. Du lässt Dich. Näherst Dich und entfernst Dich. Ich geschehe Dir, ich geschehe in Dir."

„Den Blick erhoben. Siehst Du mich denn? Siehst Du mich denn wirklich wie ich bin? Siehst Du denn mein Verlangen? Erträgst Du es mich in meinem Begehren darben zu lassen?"

„Nur eine kleine Weile noch, dann komme ich zu Dir und werde Dir vergelten, Dein Verlangen stillen und Dein Begehren heilen, doch lass mich noch ein wenig ruhen, in diesem Schmachten, das mich meint."

„Ausgefranst wie ein Blatt Papier, das
der Sturm zerzauste, doch ich spüre
Deine Annäherung. Und Deine Hände
glätten das Ausgefranste, Deine Lippen
schließen die Wunden und Dein Körper
erhöht mich zur Ganzheit."

„Und es war mehr als bloß eine Ahnung,
mehr jedoch noch als Gewissheit, mehr
als das Umfassende, wenn ich mich auf
Dich und in Dich begebe, wenn ich Dich
in Ganzheit erlebe und Entgrenzung."

„Manchmal fühle ich mich kraftlos.
Manchmal muss ich mich stützen. Der
Boden hält mich. Ich blicke herab, an
mir. Grau überzieht meinen Blick.
Ziellosigkeit zeichnet meine Gedanken.
Rückzug signalisiert mein Wollen."

„Manchmal findest Du mich und manchmal finde ich Dich. Ich erschließe Dir meine Kraft und Dein Blick füllt sich mit Zuversicht. Ich wasche das Grau von Deinen Augen und Du siehst die Farben des Lebens."

„Hast Du es denn nicht gewollt? Hast Du
es denn nicht immer so gewollt,
erbeten, erhofft, erträumt, ersehnt?
Warum dann so zurückhaltend? Warum
so zaghaft? Willst Du denn nicht
emporragen bis zu den Gipfeln?"

„Uns selbst wenn Du Dich noch so
verschleierst, wenn Du mich abhalten
möchtest Dir immer mehr zu verfallen,
so kannst Du den Glanz in Deinen
Augen nicht verstellen, der mich in Dir
je neu werden lässt, sterbend und
auferstehend."

„Und selbst wenn ich mich verberge,
hinter Masken und Tarnungen. Selbst
wenn ich meine mich verstellen und
hintanhalten zu können, so siehst Du es
doch, das Feuer, das Du in mir
entzündest, das mich Glühen lässt für
das Leben, das sich mir je und

„Und selbst wenn Du Dich noch so
verschleierst, wenn Du mich abhalten
möchtest Dir immer mehr zu verfallen,
so kannst Du den Glanz in Deinen
Augen nicht verstellen, der mich in Dir
je neu werden lässt, sterbend und
auferstehend.“

„Und wenn Du mich eroberst, wenn Du in mich dringst und in mir anschwillst, größer wirst, bis ich zerberste, in Deinen Händen, dann löse ich mich auf und lasse mich wieder neu zusammensetzen. Süßer Schmerz der Zerrissenheit."

„Süßer Kelch der Bitternis, den ich Dir
zu kosten gebe, wenn ich in Dich dringe,
Dich durchstoße. Süßer Kelch der
Bitternis, den ich Dir zu trinken gebe,
an dessen Grund die Süße wohnt."

„Stückwerk. Alles bloß Stückwerk.
Verhärtete Fronten. Mauern, die stehen.
Ecken, die erhärten. Und das
Durcheinander. Und die
Unzugänglichkeit. Und die
Trostlosigkeit. Und der Schmutz der
Alltäglichkeit."

„Nichts lässt sich zwingen. Niemand lässt sich zwingen. Härte mit Sanftmut begegnet wird rund. Ungeordnetheit mit Geduld zu begegnen schafft Verkettungen. Und die Ecken werden aufgebrochen in die Weite."

„Zu viel Betroffenheit, und zu wenig
Anteilnahme, zu viel Gehörtes und zu
wenig Verstehen, ließ meinen Blick hart
werden und die Gedanken ummanteln
mit Eisen. Warum sollte ich geben,
wenn es nicht ankommt? Warum mich
gefährden?"

„Weil das Leben mehr kennt als das Erlebte und Erfahrene, weil es immer noch ein ganz Anders und ein Unerhört und ein Ungekannt gibt, weil die Öffnung nicht nur Schmerz sein muss, sondern auch Erlösung bewirken kann."

„Ich habe mich eingeschlungen. Ich habe mich zurückgezogen in mich selbst. Ich habe mich unkenntlich gemacht. Zu viel von oben herab. Zu viel über mich hinweg. Und ich wende mich ab von dem, was mich doch nicht loslässt, was mich bindet."

„Die Verbitterung lässt Dich taub werden für meine Zuwendung, manifestiert die Abwendung und hindert Dich zu erreichen. Ich will nicht heucheln und mich nicht verstellen, aber ich werde da sein, wenn Dein Blick zurückfindet, zu dem, was Dich bindend freisetzt."

„Wenn es wäre, dass Du mich pfählst
und mich meiner Bewegungsfreiheit
und meiner Sprache und meines Tuns
beraubtest, so könntest Du doch nicht
hindern, dass sich meine Bewährung in
meinen Augen spiegelt."

„Und wenn ich alle Möglichkeiten hätte
Dich zu fesseln und an mich zu binden
und zu zwingen, wenn ich freie Hand
hätte, so würde ich sie doch nur nutzen,
Dich in die Freiheit zu führen, die Dir
meine Liebe eröffnet."

„Verstecken, Dich necken, um mich
immer mehr entdecken zu lassen, oder
auch ein wenig verschnaufen, vor dem
sich Dir zeigen und wirklich werden,
ein wenig nur interessant zu zeigen,
und neue Wege zu weisen."

„Lass mich Dich entdecken, in Deinen
Verstecken, mich zu necken und Dich
aufs Neue erwecken, das Eigentliche
und immer Unerkannte, das
Unerschöpfliche und ungebrochen
Anziehende."

„Manchmal möchte ich mich einfach einrollen, mich zusammenziehen und klein machen. Ich möchte die Wärme behalten und die Ruhe und das mir zu spüren Gegebene und das in mir Wirkende."

„Und dann möchte ich Dich umschließen, wie ein seidener Kokon, leicht und luftig, und doch fest und sicher, und so wirke ich in Dir fort, wie Du in mir, machen mehr aus uns, als wir es außerhalb je sein konnten."

# Zweisprache II

„Ich stelle den Motor ab und steige aus. Inmitten des Waldes, auf einer Lichtung, wohnst Du, auf einer großen Wiese, begrenzt von zwei Wegen und einem kleinen Bach, dort steht ein kleines Häuschen. Ich sehe das Wasser glitzern im Mondschein, und neben der kleinen Brücke, die über den Bach führt, erhebt sich majestätisch eine Trauerweide gen Himmel. Du sitzt im Gras. Ich weiß nicht wie lange es her ist, seit ich das letzte Mal da war, seit ich es das letzte Mal geschafft habe den Trubel hinter mir zu lassen um zu Dir zu fliehen."

„Du hast den Motor abgestellt und dem
Wald den nächtlichen Frieden
wiedergeschenkt. Hörst Du die Stille?
Erträgst Du sie?"

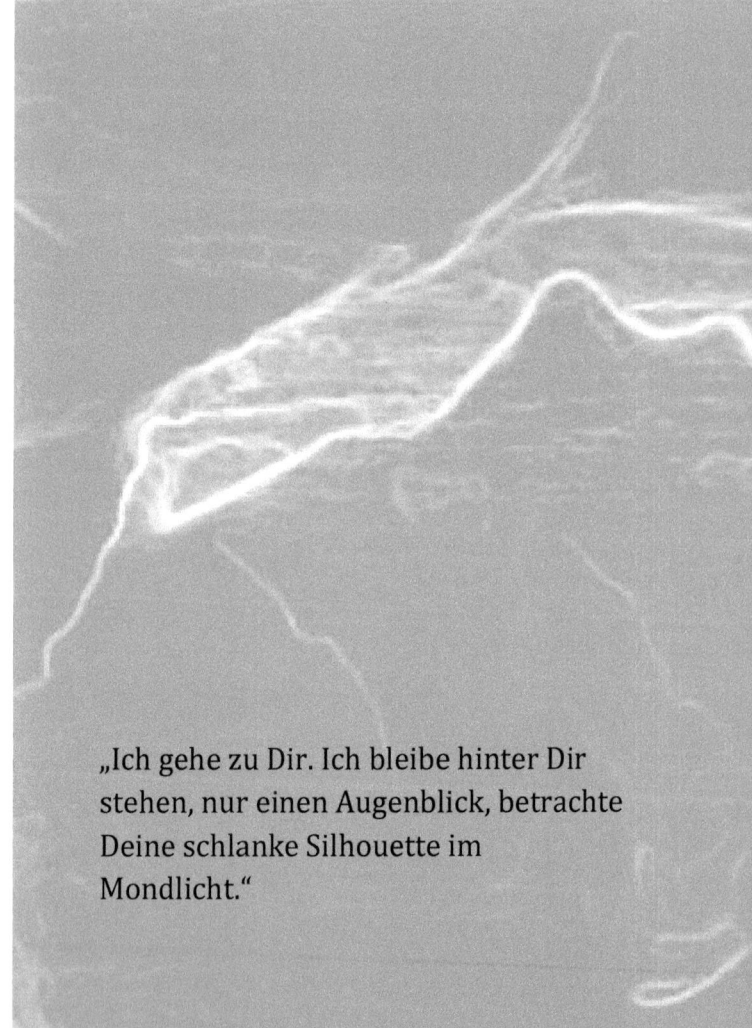

„Ich gehe zu Dir. Ich bleibe hinter Dir stehen, nur einen Augenblick, betrachte Deine schlanke Silhouette im Mondlicht."

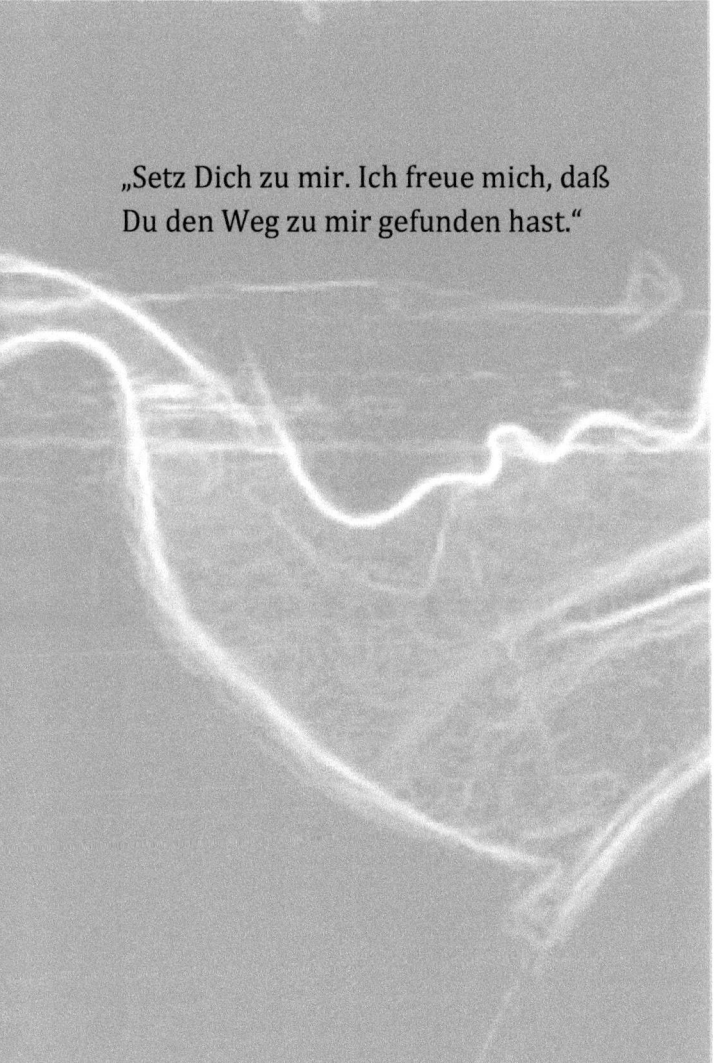

„Setz Dich zu mir. Ich freue mich, daß
Du den Weg zu mir gefunden hast."

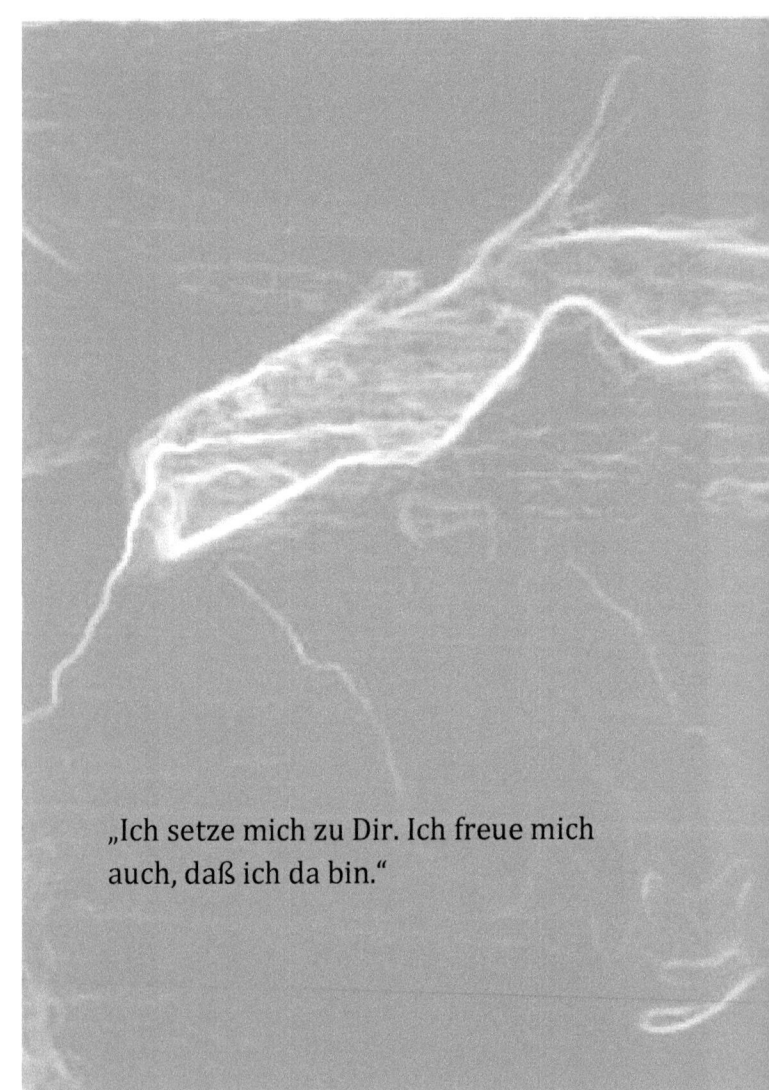

„Ich setze mich zu Dir. Ich freue mich
auch, daß ich da bin."

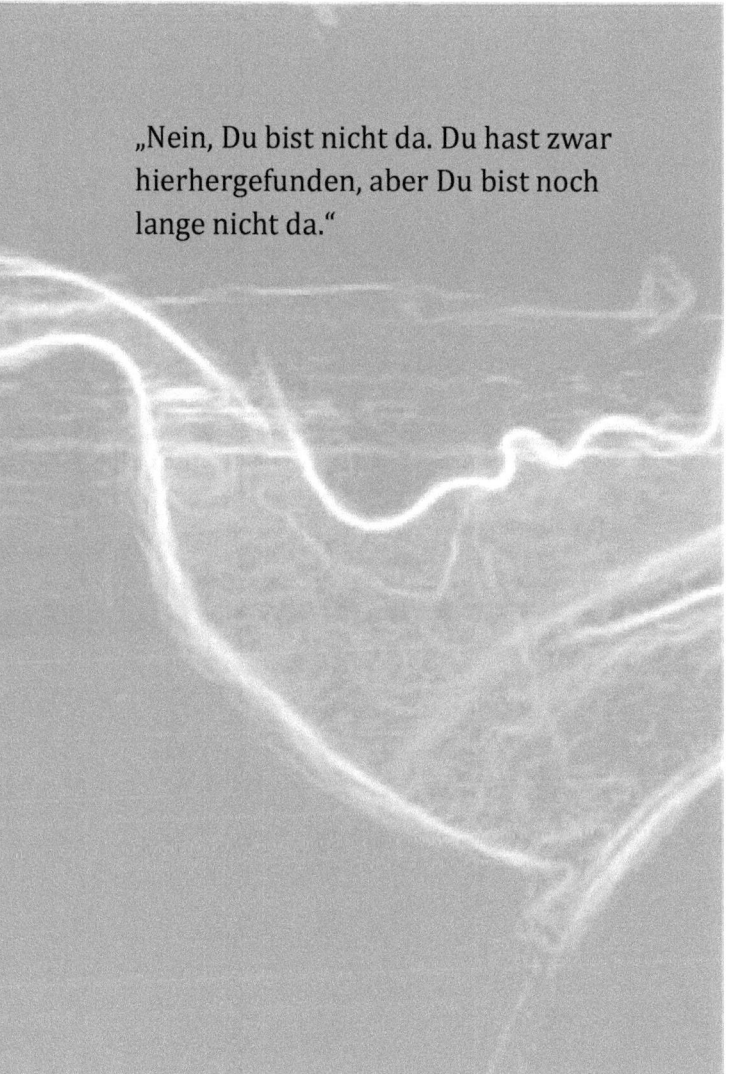

„Nein, Du bist nicht da. Du hast zwar hierhergefunden, aber Du bist noch lange nicht da."

„Du hast recht. Ich habe es endlich
geschafft mich freizumachen. Nein, falsch,
ich habe mich nicht freigemacht, sondern
mich vielmehr mit einer fadenscheinigen
Ausrede davongeschlichen, aus meiner
Verantwortung, aus meinen
Verpflichtungen."

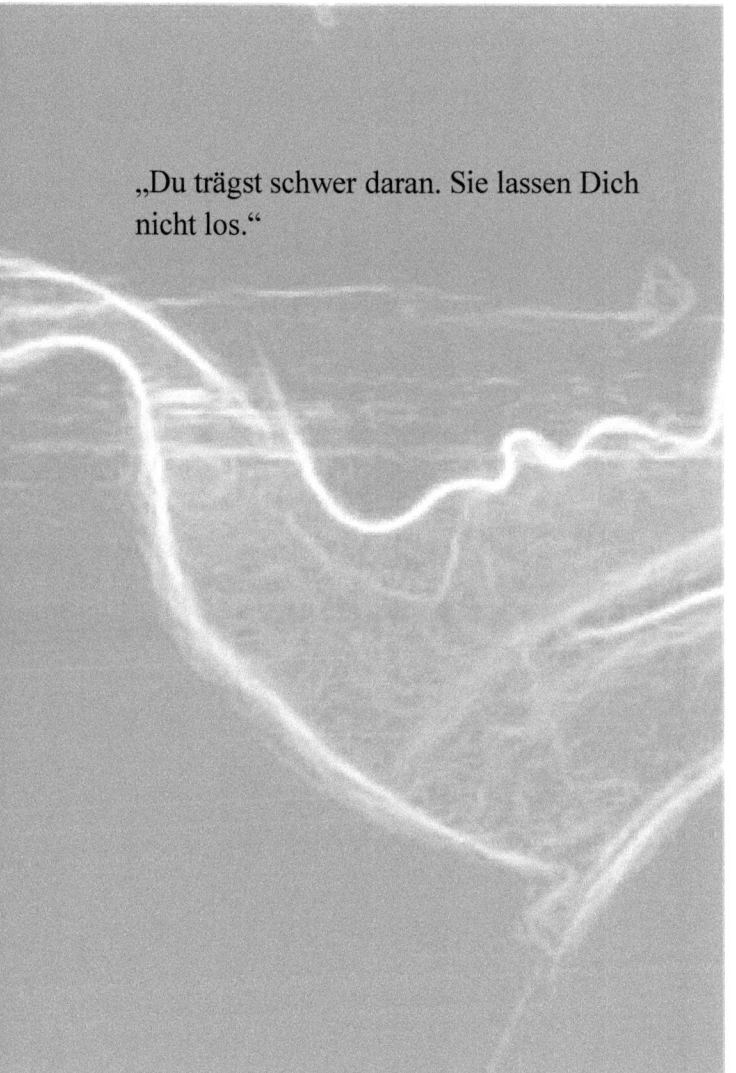

„Du trägst schwer daran. Sie lassen Dich
nicht los."

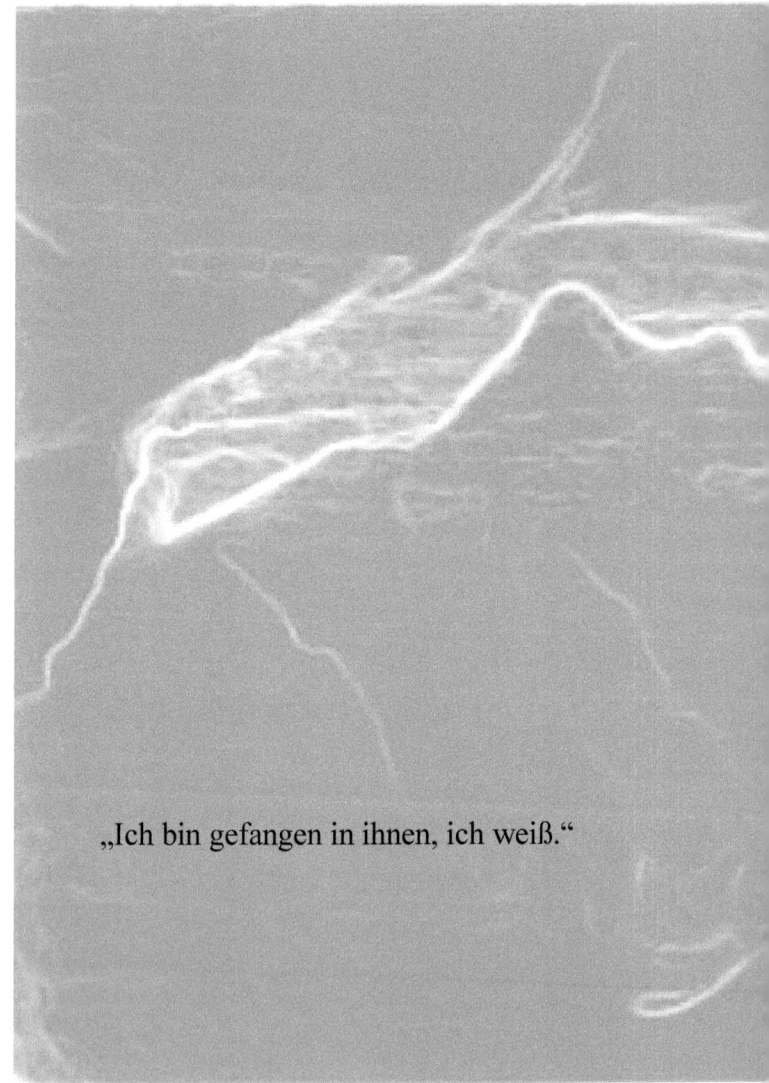

„Ich bin gefangen in ihnen, ich weiß."

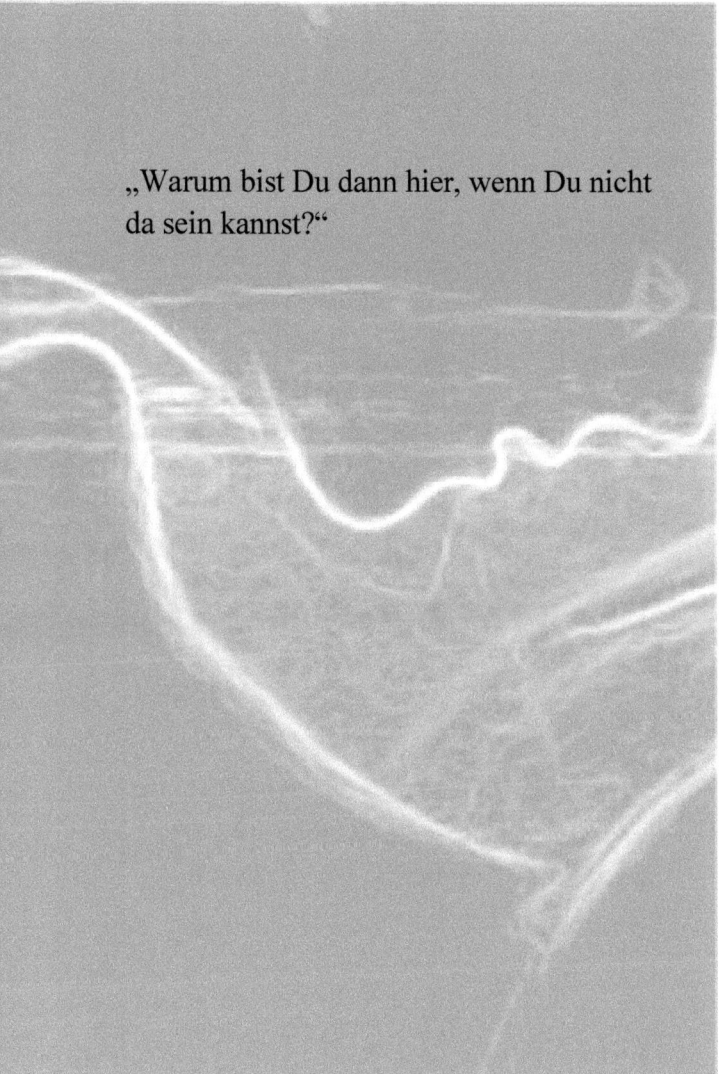

„Warum bist Du dann hier, wenn Du nicht da sein kannst?"

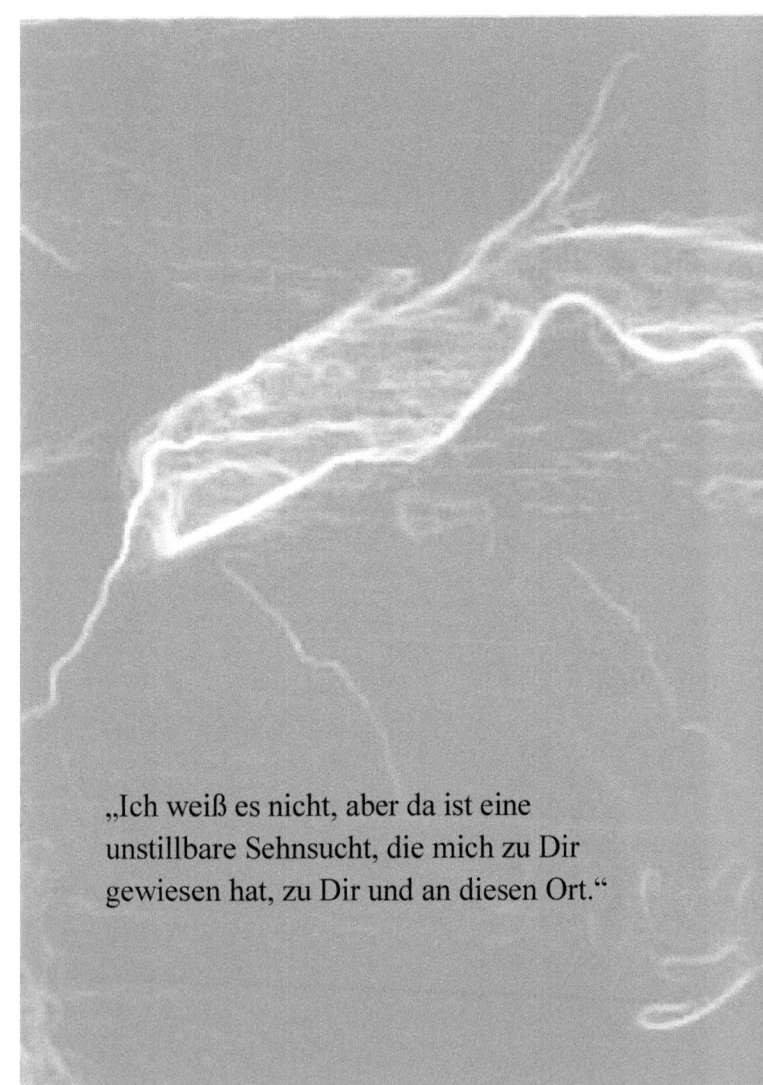

„Ich weiß es nicht, aber da ist eine
unstillbare Sehnsucht, die mich zu Dir
gewiesen hat, zu Dir und an diesen Ort."

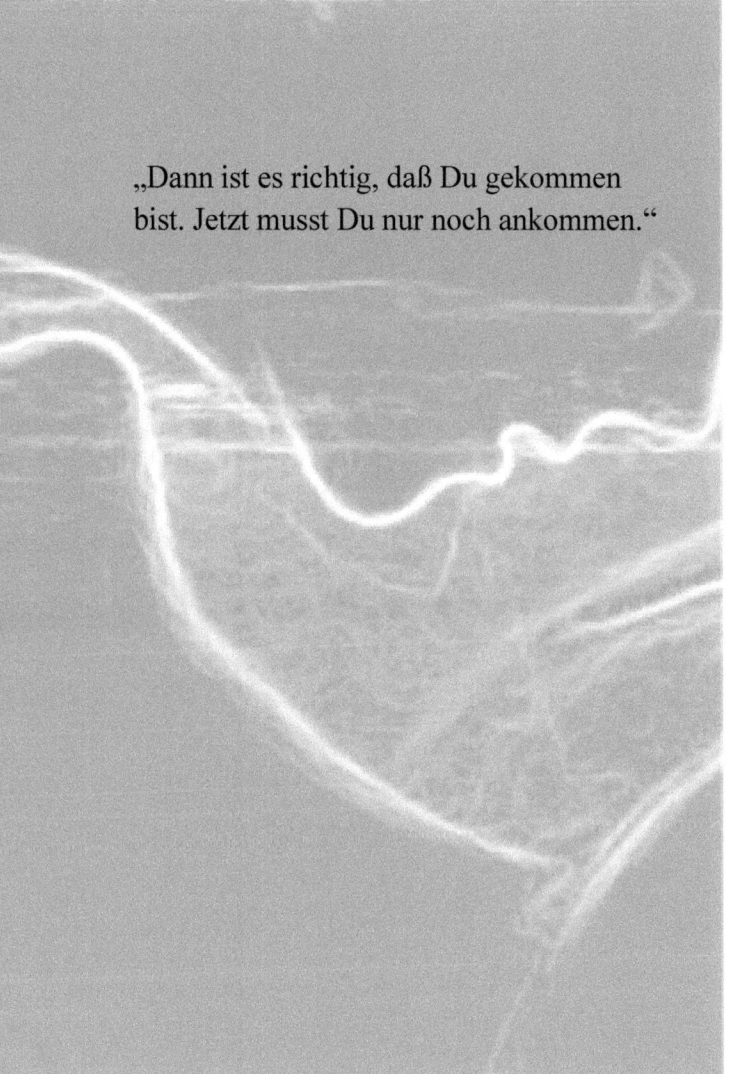

„Dann ist es richtig, daß Du gekommen bist. Jetzt musst Du nur noch ankommen."

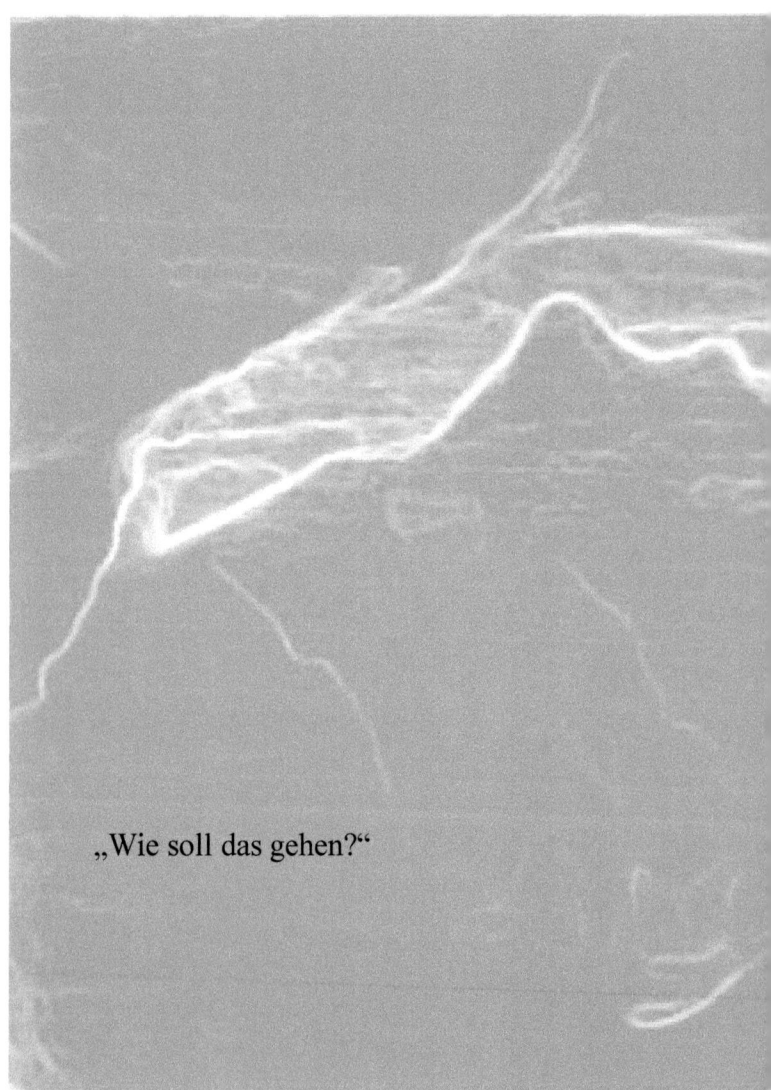

„Wie soll das gehen?"

„Indem Du Dich mit Deinem Hier-Sein
versöhnst, und alle Gedanken, die mit einem
Außerhalb vom Hier und Jetzt
zusammenhängen, dort lässt, wo sie
hingehören, nach Draußen, nur für diesen
Moment des Miteinander. Sie werden
wieder da sein, wenn Du wegfährst, aber
jetzt, jetzt lass sie keine Rolle spielen."

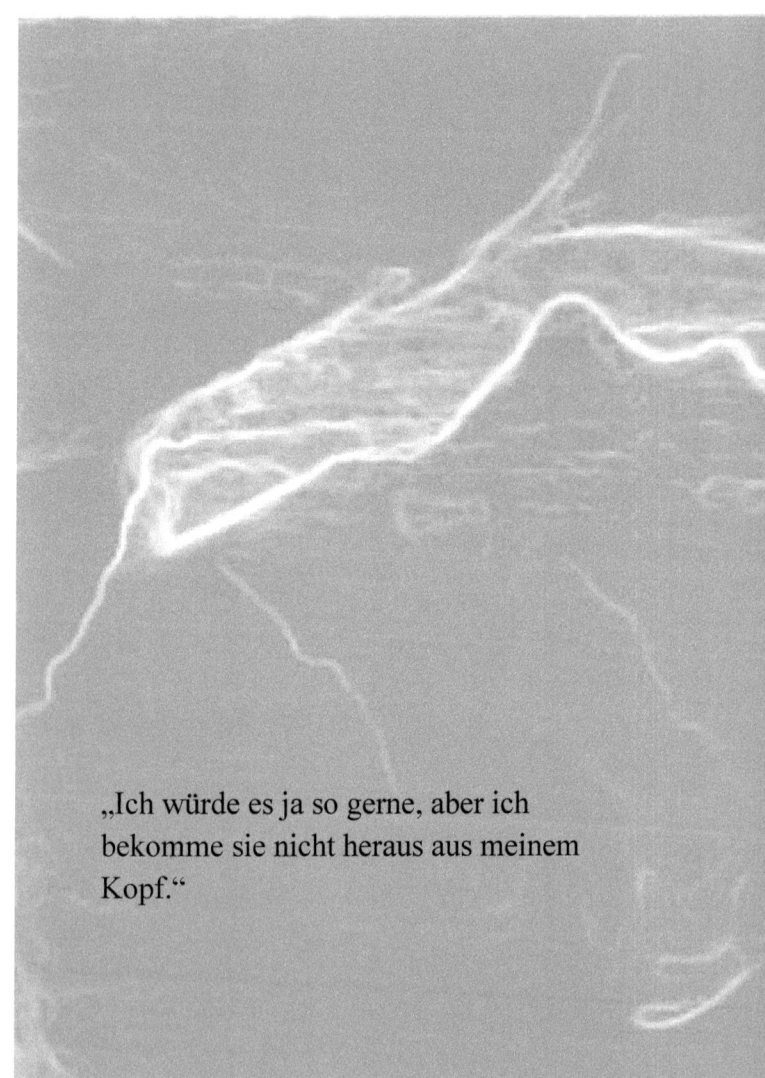

„Ich würde es ja so gerne, aber ich bekomme sie nicht heraus aus meinem Kopf."

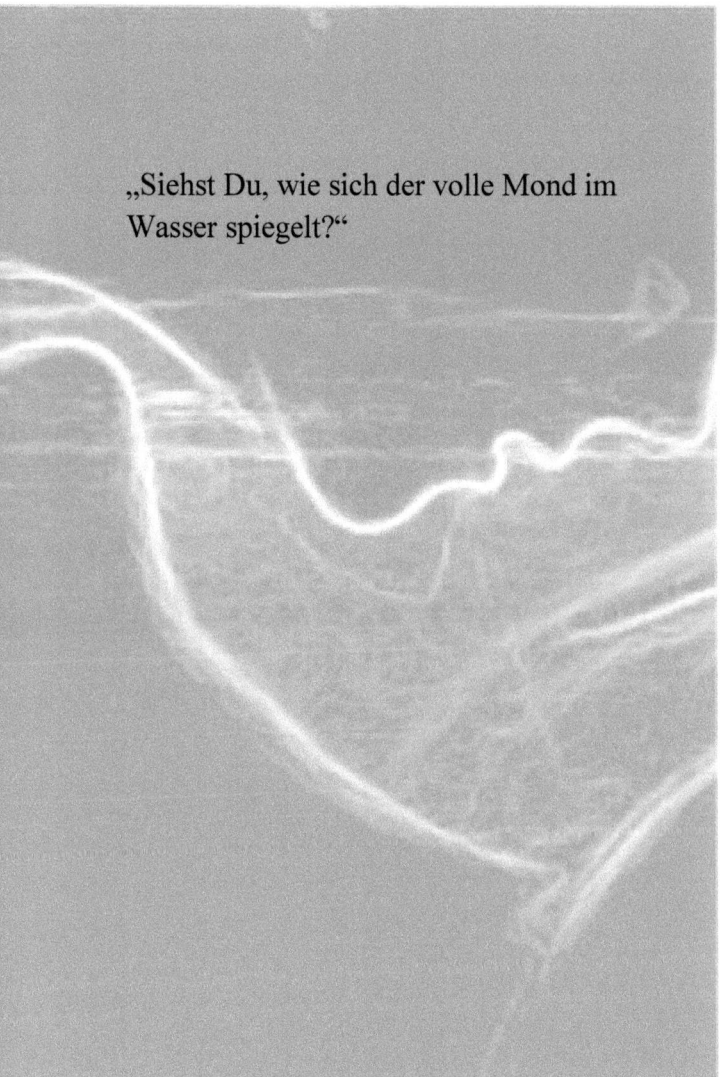

„Siehst Du, wie sich der volle Mond im Wasser spiegelt?"

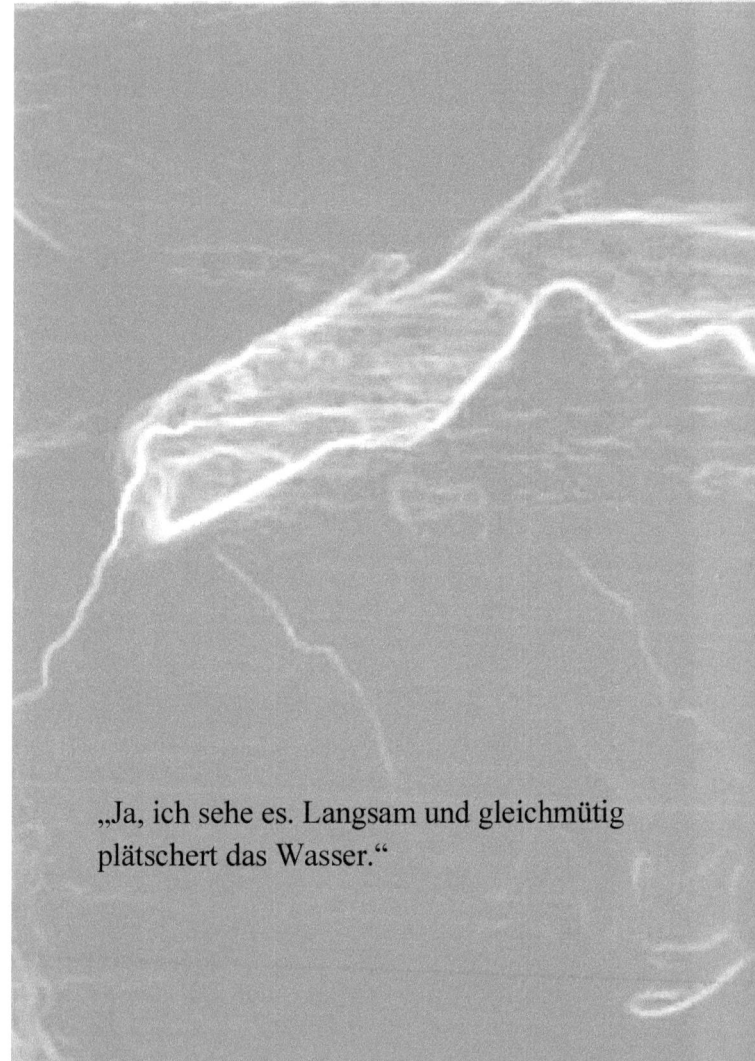

„Ja, ich sehe es. Langsam und gleichmütig
plätschert das Wasser."

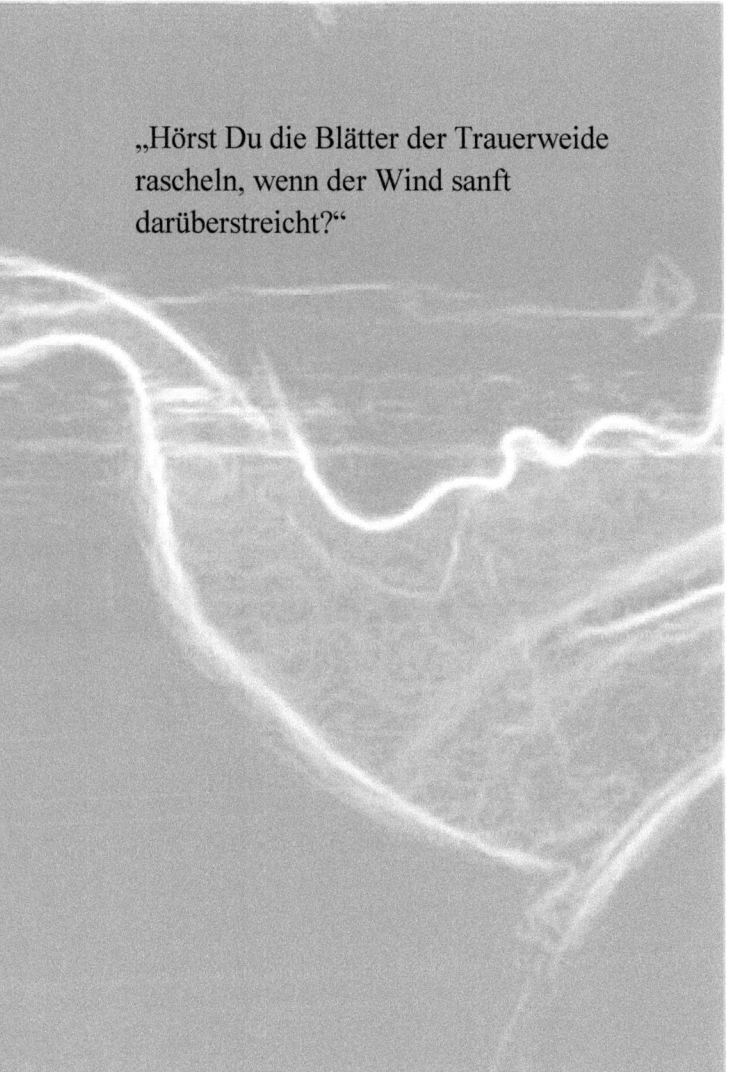

„Hörst Du die Blätter der Trauerweide
rascheln, wenn der Wind sanft
darüberstreicht?"

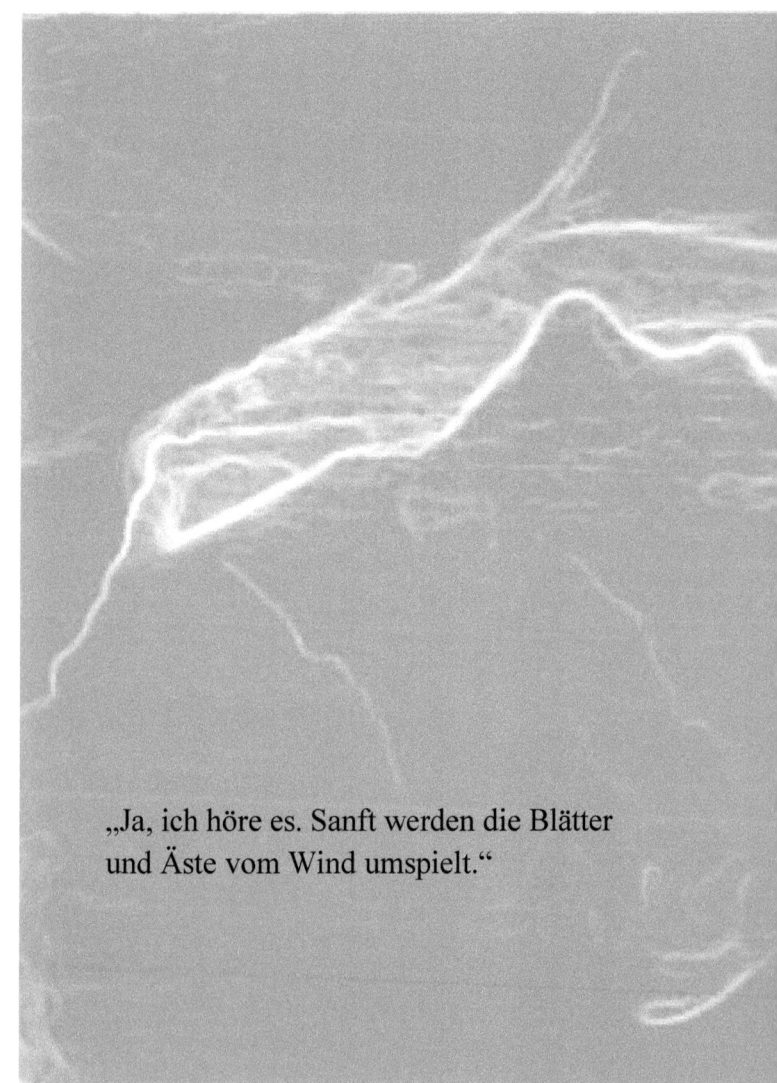

„Ja, ich höre es. Sanft werden die Blätter
und Äste vom Wind umspielt."

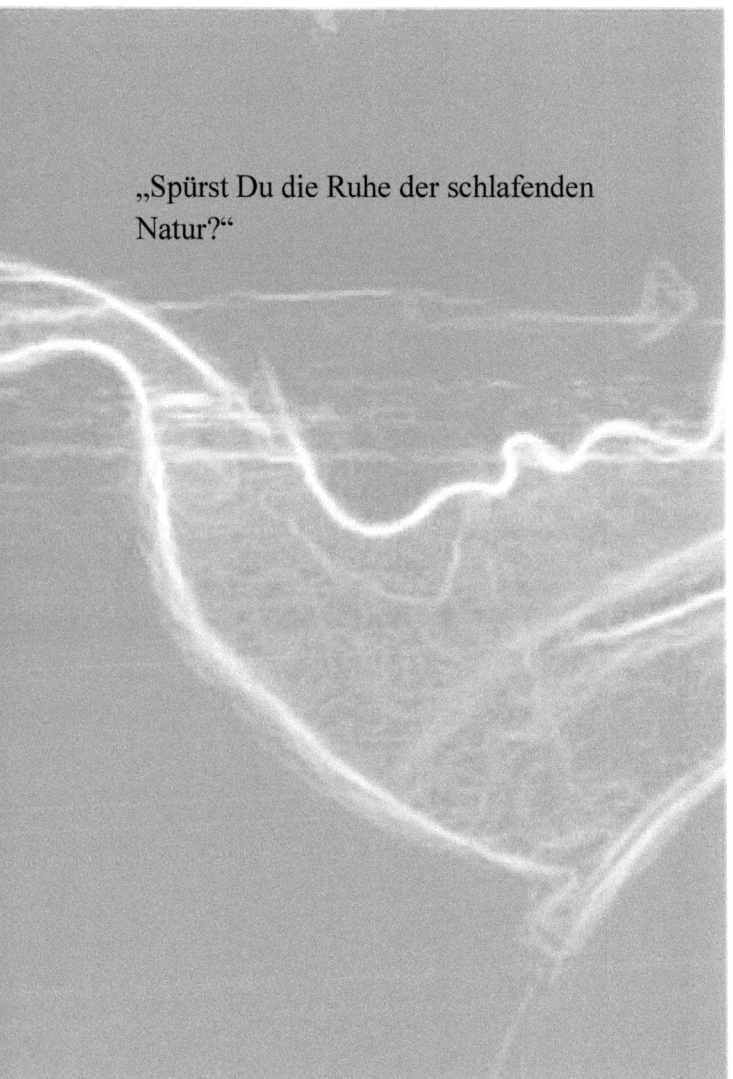

„Spürst Du die Ruhe der schlafenden Natur?"

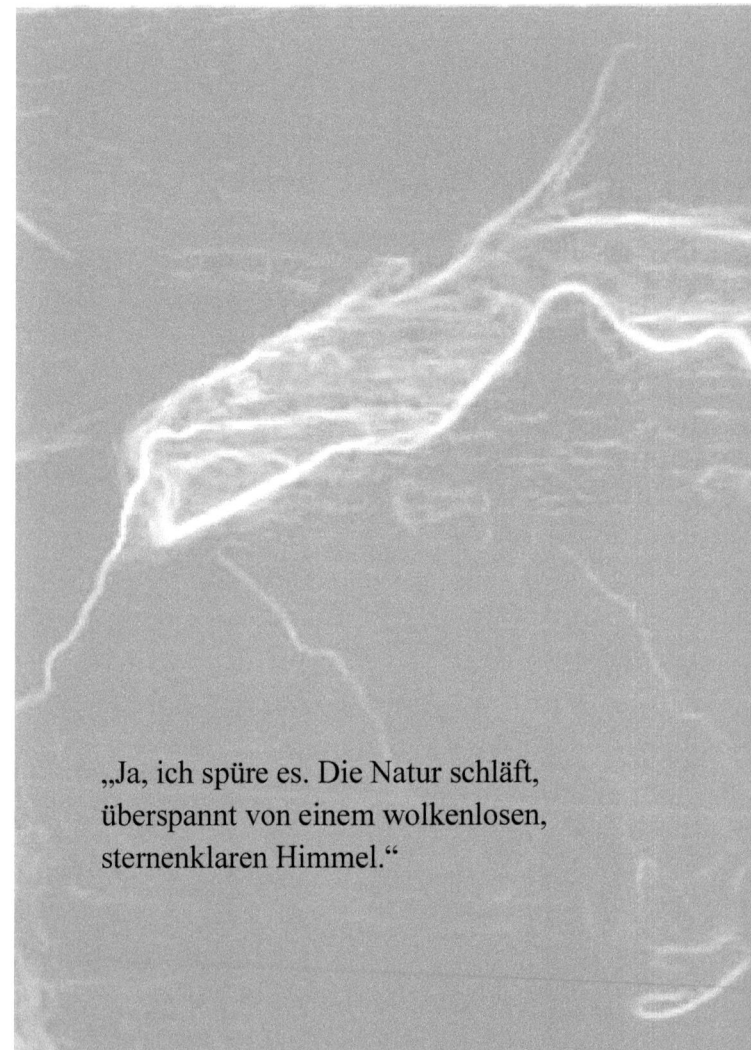

„Ja, ich spüre es. Die Natur schläft,
überspannt von einem wolkenlosen,
sternenklaren Himmel."

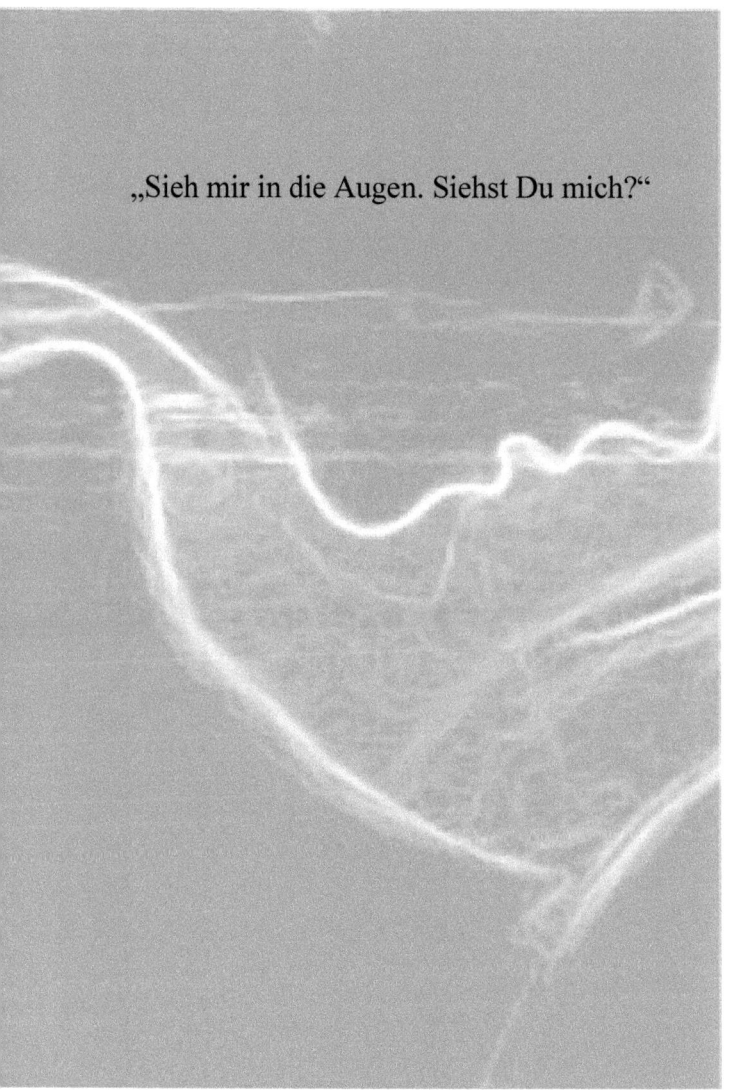

„Sieh mir in die Augen. Siehst Du mich?"

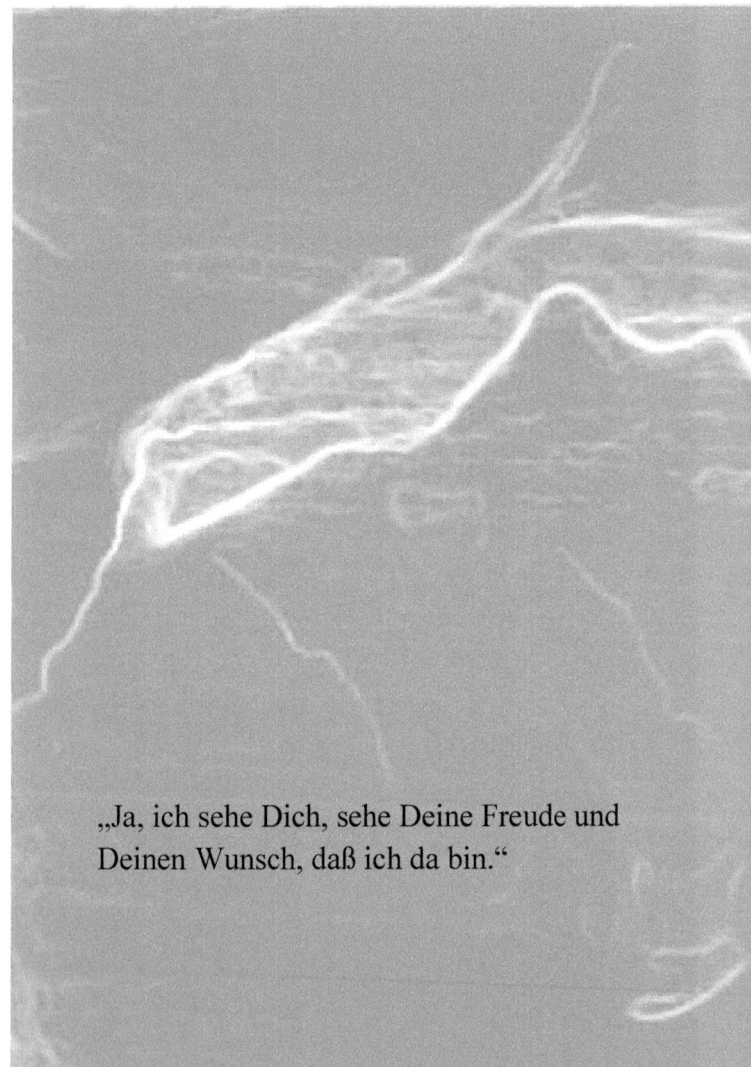

„Ja, ich sehe Dich, sehe Deine Freude und Deinen Wunsch, daß ich da bin."

„Hörst Du mich?"

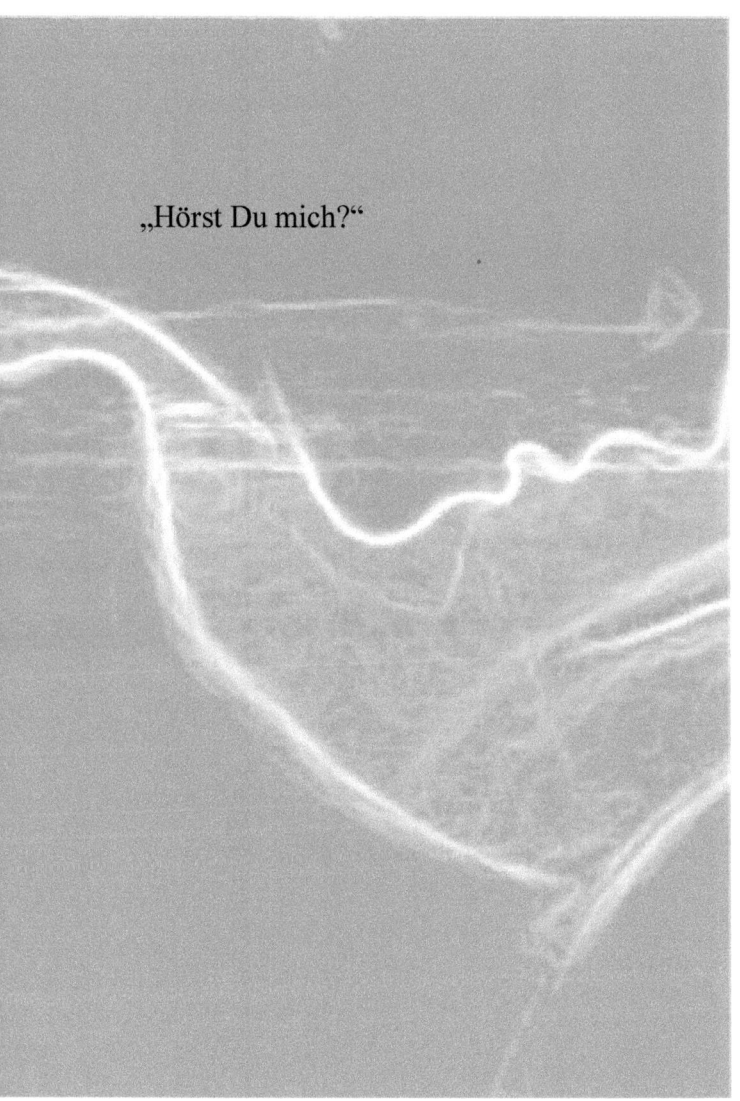

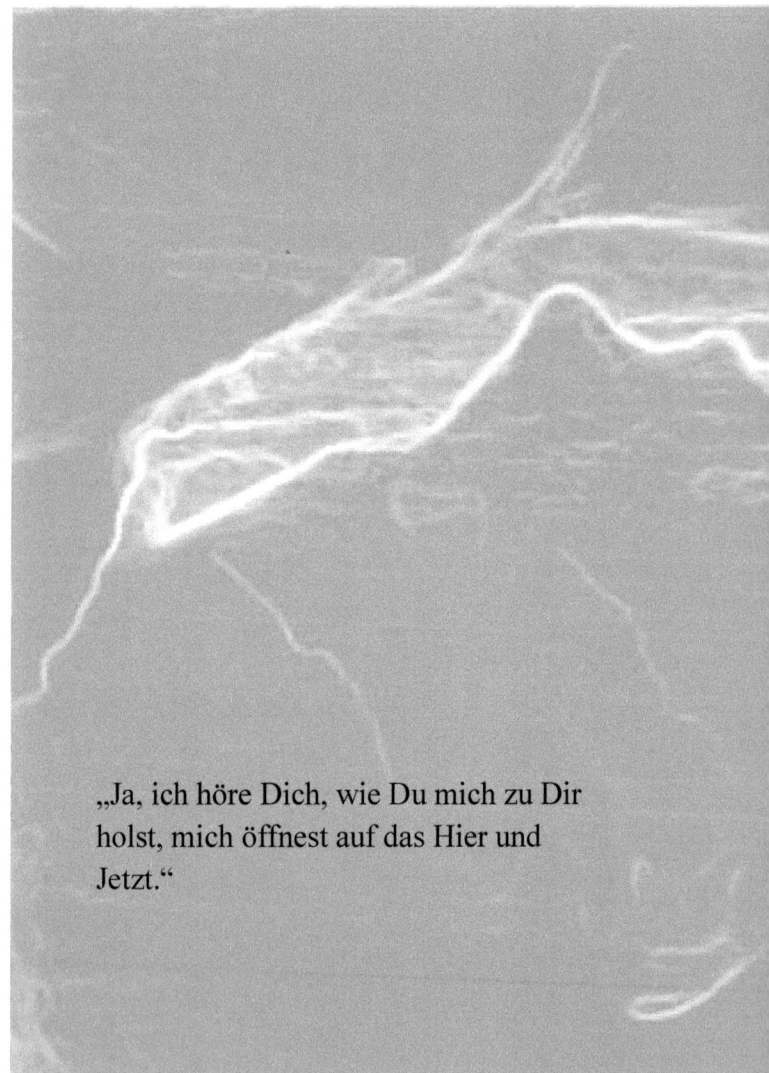

„Ja, ich höre Dich, wie Du mich zu Dir holst, mich öffnest auf das Hier und Jetzt."

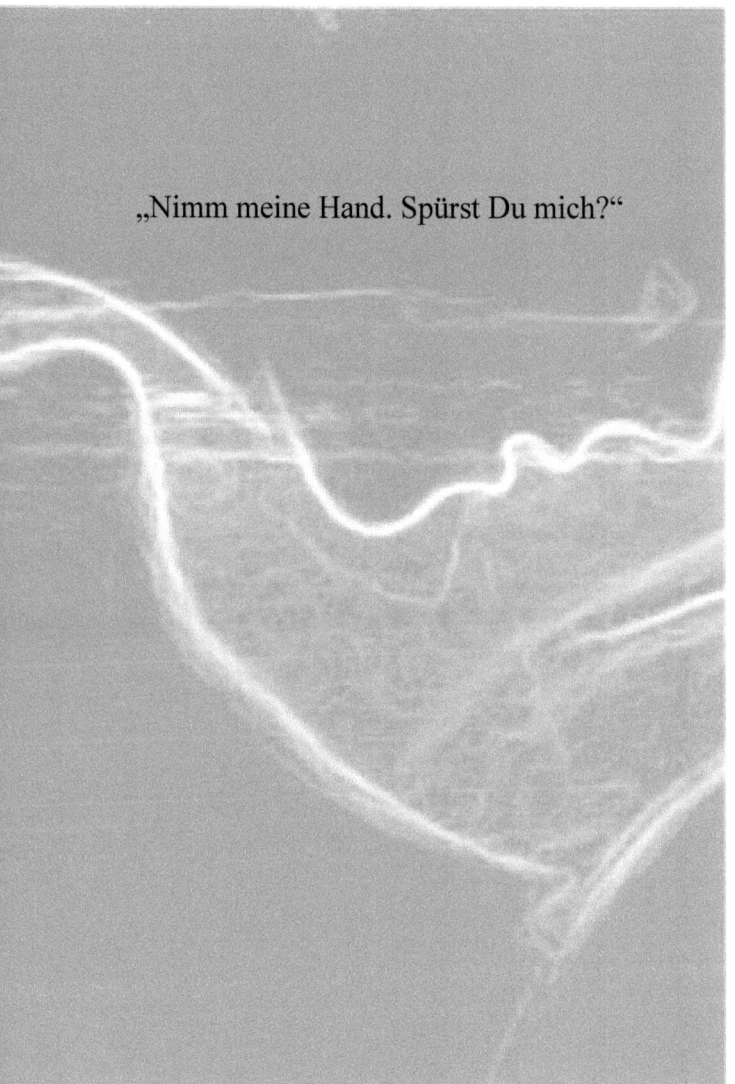

„Nimm meine Hand. Spürst Du mich?"

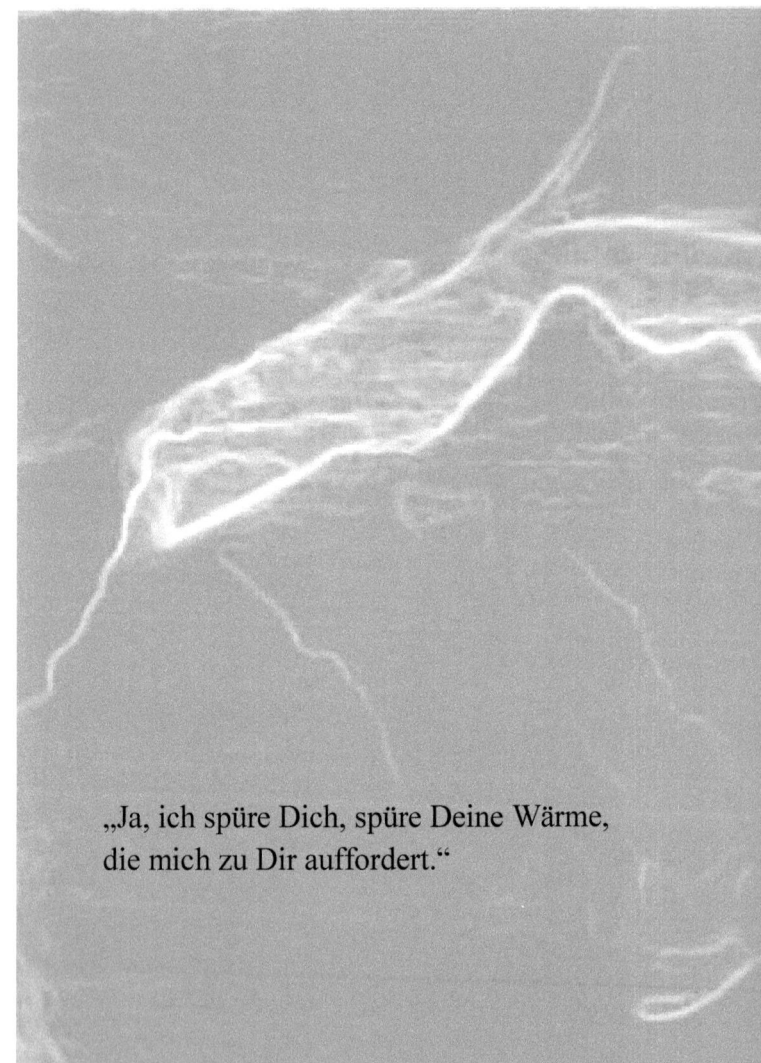

„Ja, ich spüre Dich, spüre Deine Wärme,
die mich zu Dir auffordert."

„Du bist auf dem richtigen Weg."

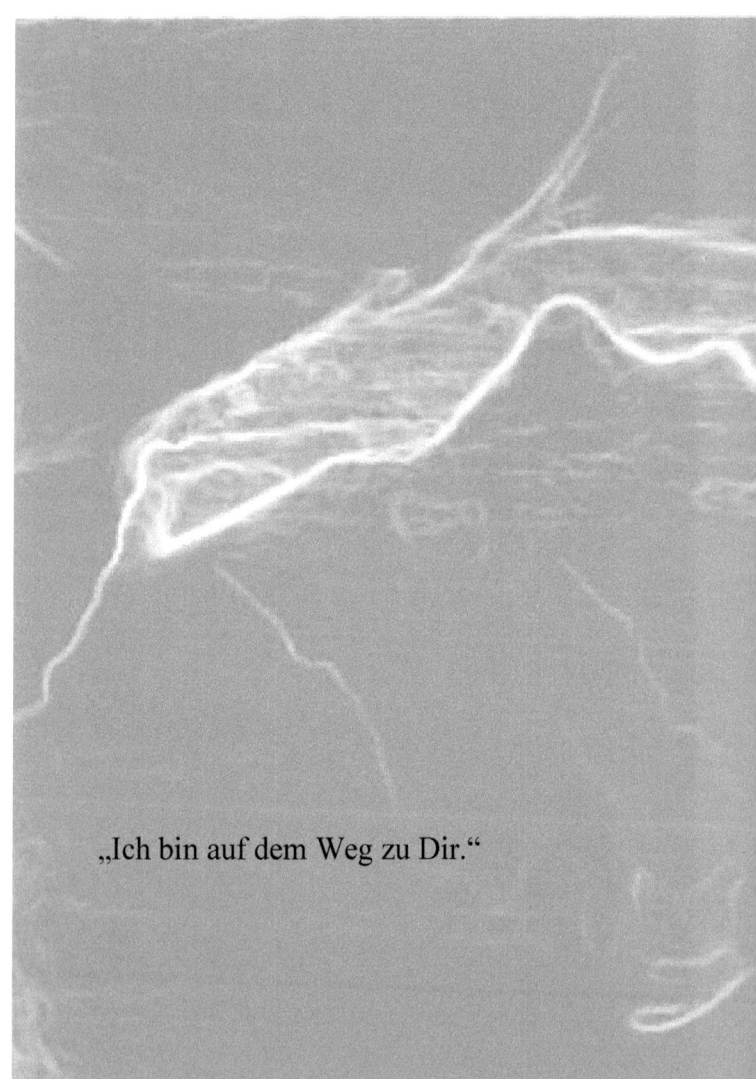

„Ich bin auf dem Weg zu Dir."

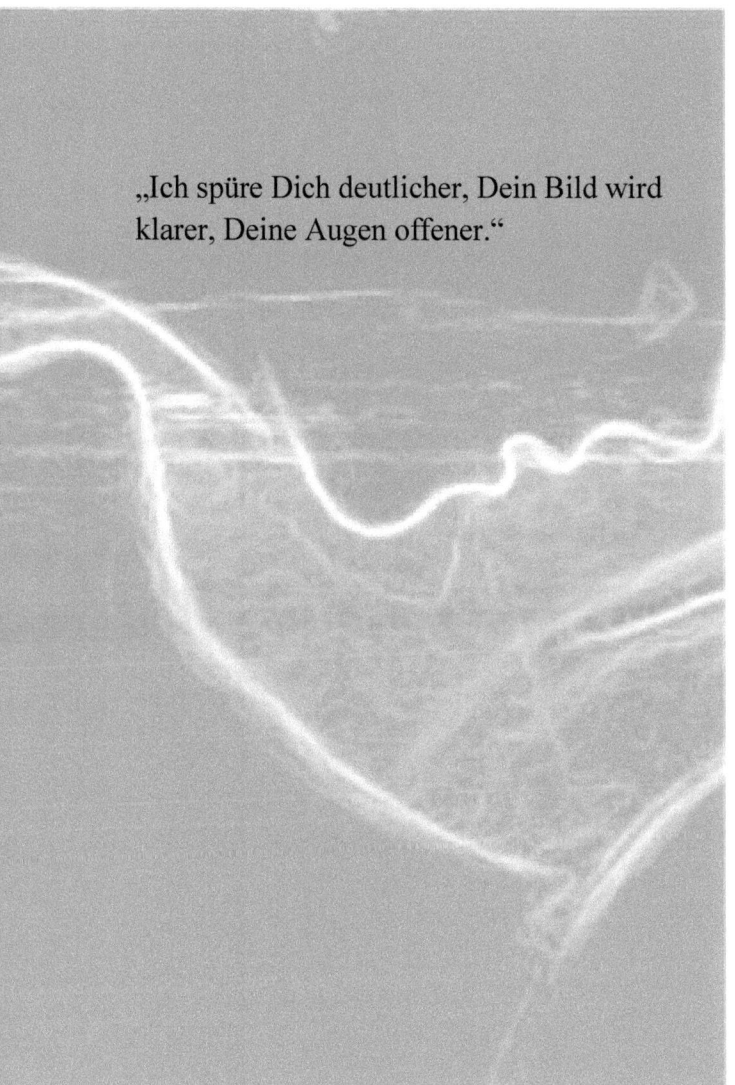

„Ich spüre Dich deutlicher, Dein Bild wird klarer, Deine Augen offener."

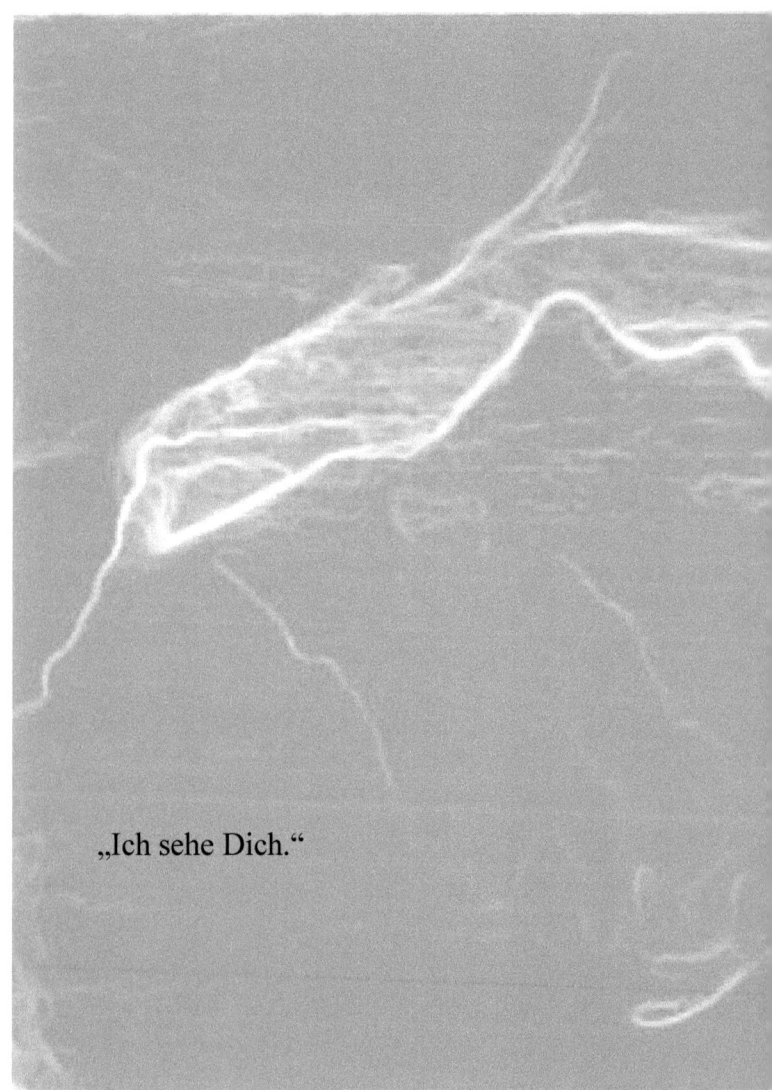

„Ich sehe Dich."

„Ich sehe Dich."

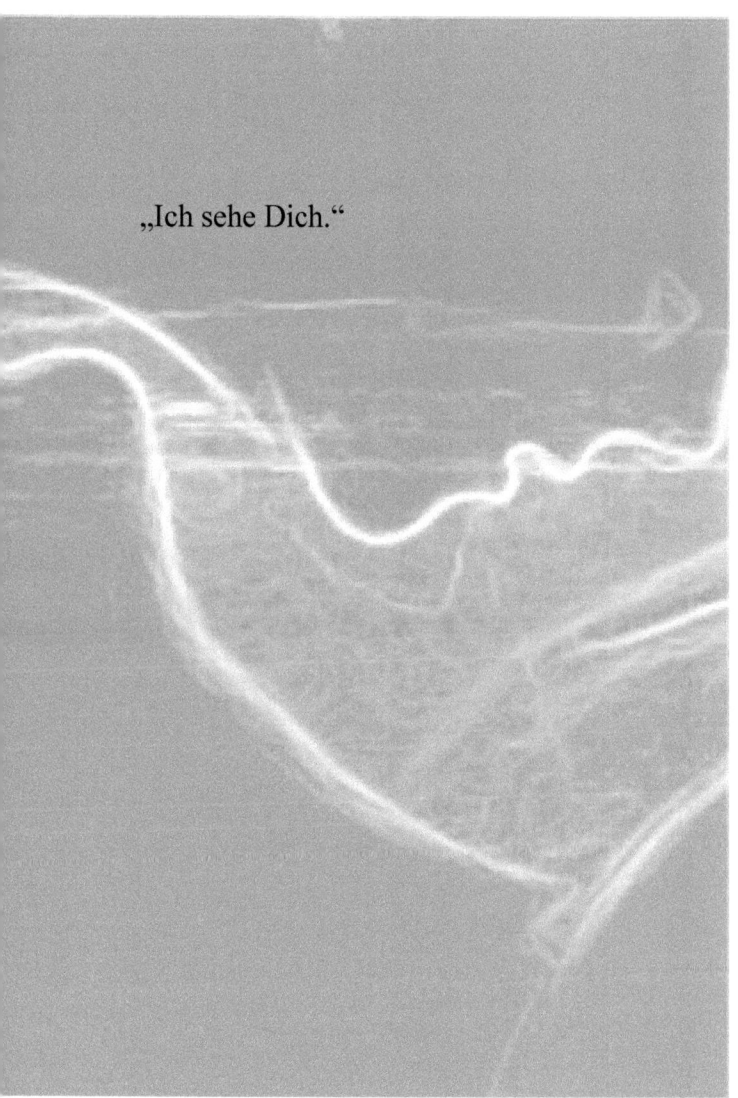

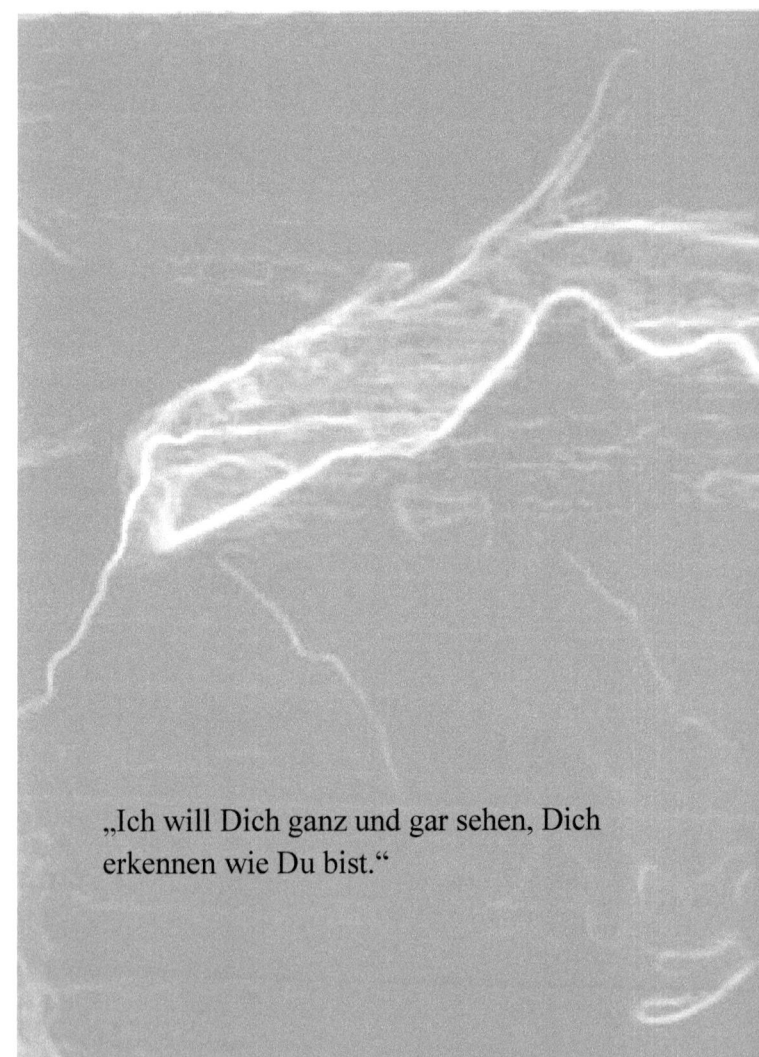

„Ich will Dich ganz und gar sehen, Dich
erkennen wie Du bist.“

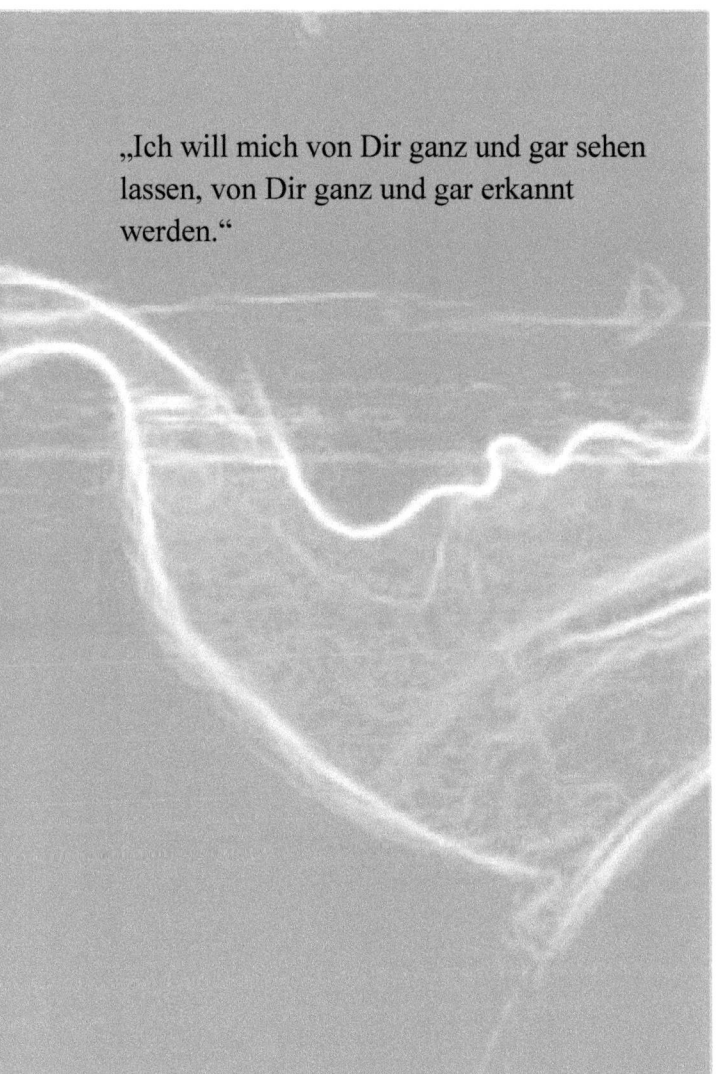

„Ich will mich von Dir ganz und gar sehen lassen, von Dir ganz und gar erkannt werden."

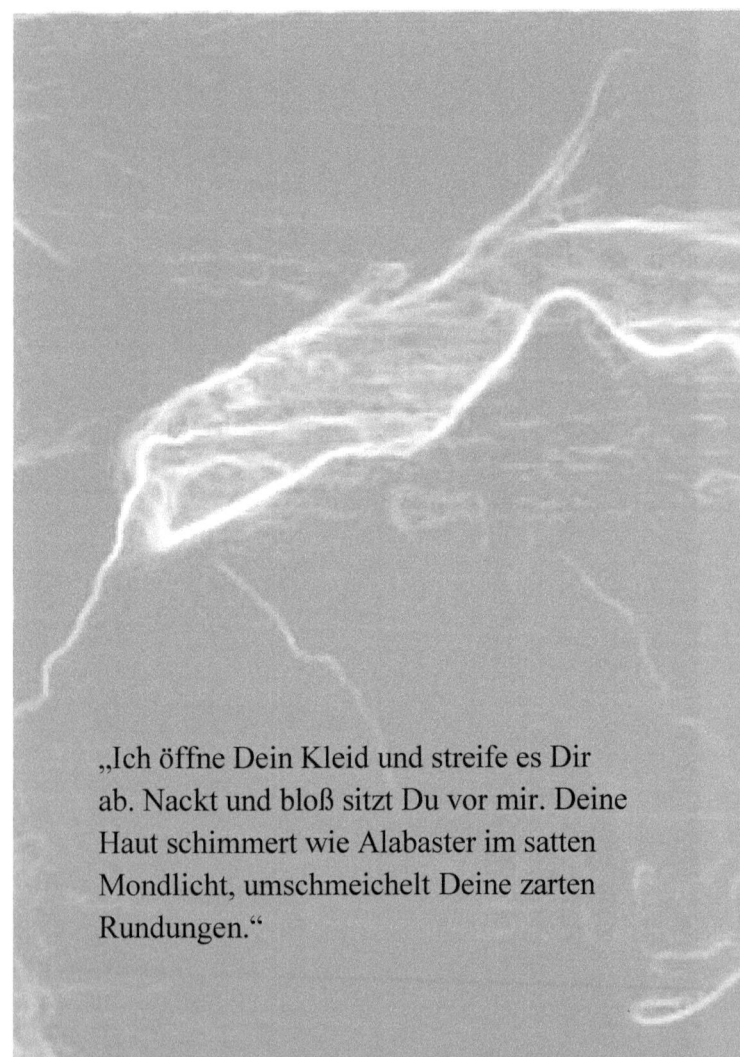

„Ich öffne Dein Kleid und streife es Dir ab. Nackt und bloß sitzt Du vor mir. Deine Haut schimmert wie Alabaster im satten Mondlicht, umschmeichelt Deine zarten Rundungen."

„Ich knie mich vor Dich und ziehe Dich
aus. Du lasst den letzten Rest hinter Dir.
Ich sehe Deinen starken, männlichen
Körper. Ich sehe Deine breiten Schultern,
die mich einladen mich an sie zu
schmiegen, mich hineinfallen zu lassen in
Deine Umarmung, mich auffangen zu

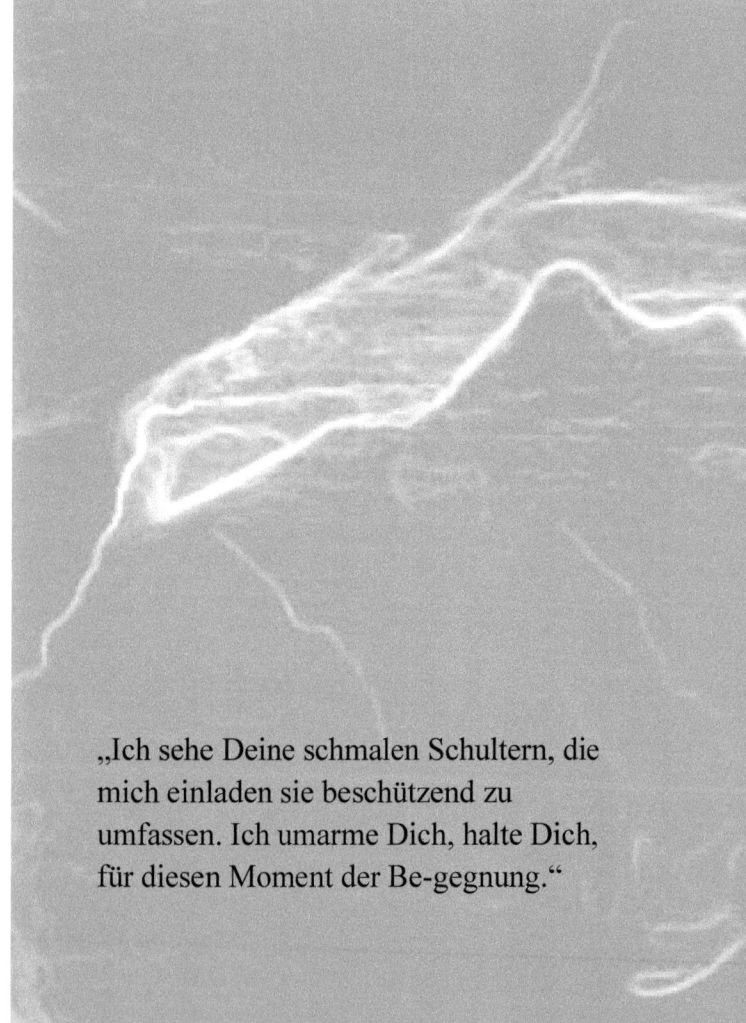

„Ich sehe Deine schmalen Schultern, die mich einladen sie beschützend zu umfassen. Ich umarme Dich, halte Dich, für diesen Moment der Be-gegnung."

„Ich sehe Deine starken Arme, die sich schützend und stärkend um mich legen wollen. Ich nehme es an, Deinen Schutz und Deine Stärke. Lasse mich durchströmen, von Deinem Mir-sein, jetzt, da Du wirklich angekommen bist."

„Ich sehe Deine feingliedrigen Finger, die mich verführen von ihnen berührt zu werden. In Deiner Berührung, in Deiner Zärtlichkeit, wäscht Du die Welt von mir ab, jedes Außerhalb des Wir, machst mich rein Dir zu sein, mich immer mehr im Wir zu finden."

„Ich streiche mit meinen Fingern über
Deine Haut, Deine Wangen, Deinen Hals,
Deine Schultern, Deine Brust, Deinen
Bauch. Ich spüre Dich unter meiner
Berührung erschauern. Ist es die Nacht,
die Dich frösteln lässt?"

„Nein, es ist das Verlangen, das mich jäh
und mit kaum gekannter Intensität
durchflutet, das Verlangen Dich ganz nahe
zu spüren, mit Dir eins zu werden, so wie
wir es in Gedanken, in unserem Wesen
sind, so will ich dieses Eins-sein leibhaftig
werden lassen."

„Ein Verlangen, das auch mich beseelt, ein Verlangen, das wir bis zum letzten Tropfen zu kosten eingeladen sind. Wir, das ist Eins-werdung in Geist, Seele und Körper. Das eine kann nicht vom anderen getrennt werden. So wie ich mit Dir nie körperlich eins werden kann, wenn wir

„Ich berühre Dich. Jeden Zentimeter
Deiner Haut möchte ich in mich
aufnehmen, jeden Zentimeter Deiner Haut
mit meinen Lippen berühren, so wie ich
jeden einzelnen Deiner Gedanken, jedes
einzelne Deiner Worte in mich aufnehme,
einatme, wie ich Dich aufnehme,

„Ich nehme es an, jeden Deiner Küsse, als
Geschenk. Ich gebe mich Dir preis, biete
mich Dir dar, nackt bis auf die Haut,
entblößt noch bis unter die Haut."

„Ich ziehe Dich zu mir, spüre Deine Haut
auf meiner Haut, spüre die sanfte
Wölbung Deines Busens, spüre die Hitze
zwischen Deinen Beinen. Setz Dich auf
mich, meine Freundin, lass aus Deinem
und meinem Atem unseren Atem werden,
lass aus Deinem und meinem Herzschlag

„Ich spüre Dich, Deine Haut auf meiner Haut, spüre Deinen Herzschlag, spüre das pulsierende Leben zwischen Deinen Lenden, hoch aufgeragt, mir entgegenwachsend."

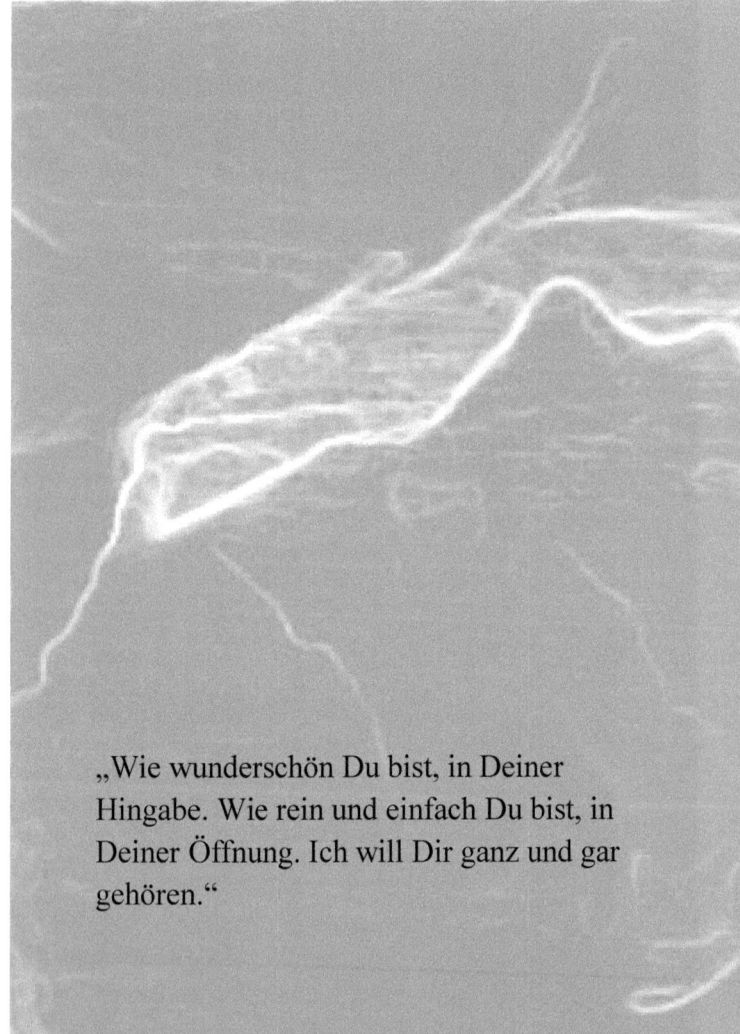

„Wie wunderschön Du bist, in Deiner Hingabe. Wie rein und einfach Du bist, in Deiner Öffnung. Ich will Dir ganz und gar gehören."

„Ich will Dich ganz und gar annehmen, ganz und gar mit Dir eins werden, in diesem einen Moment, in dem alle Gedanken schweigen, in dem ich nichts bin und nichts sein will als Dir. Nein, mehr noch, in dem das Du und das Ich gänzlich schweigen, schweigen müssen. Wir haben unser Du und Ich gleichsam in einen See geworfen, Wassertropfen zu Wassertropfen. Wer könnte noch sagen welcher welcher ist?"

„Ich liege vor Dir. Nimm mich an, in
diesem, einen Moment, in dem nichts
wirklich ist als dieses Miteinander, nichts
zählt. Spürst Du wie die Zeit stillsteht, wie
die Welt aufgehört hat sich zu drehen, um
unsretwillen."

„Ich setze mich auf Dich, nehme Deinen Zauberstab hinein in meine Höhle der Zufriedenheit. Du bist angekommen. Du bist in mir. Wir sind eins. Wir sind. Nur mehr wir. Du erfüllst mich mit Dir. Jetzt erst bin ich vollständig."

„Jetzt erst bin ich angekommen, jetzt erst ganz. Du vollendest mich, über mich hinaus ins Wir. Sanft umfassen mich Deine Muskeln in Dir, fordern mich auf mich in Dir zu bewegen, mit Dir zu bewegen. Nicht ich bewege mich, Du bewegst mich, Du weist mir die Richtung."

„Nein, auch ich bewege Dich nicht. Wir haben in den Rhythmus des Gebens und Nehmens gefunden, unseren Rhythmus, den Rhythmus unseres Atems, unseres Herzschlages, unseres Körpers. Als Wir bewegen wir uns uns."

„Wir ineinander, miteinander eins, und es ist, als hätte es zuvor nichts gegeben, und wird es danach nichts geben. Wir sind außerhalb der Zeit. Wir vögeln, in unserem Kopf, in unserer Seele, in unserem Herzen und mit unserem Körper. Ich spüre wie Dein Verlangen mit jeder Bewegung stärker wird."

„Ich spüre wie Deine Hingabe mit jeder Bewegung stärker wird, wie Du Dich immer mehr in mir aufbäumst, wie meine Muskeln Dich immer fester umspannen."

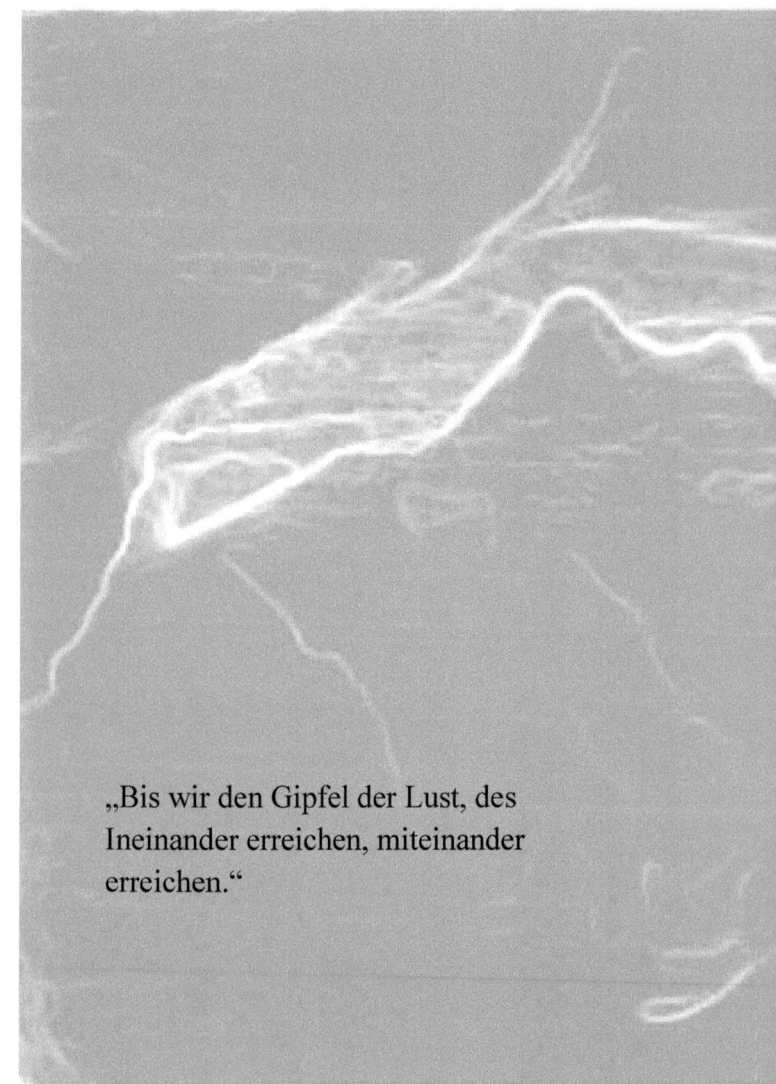

„Bis wir den Gipfel der Lust, des Ineinander erreichen, miteinander erreichen."

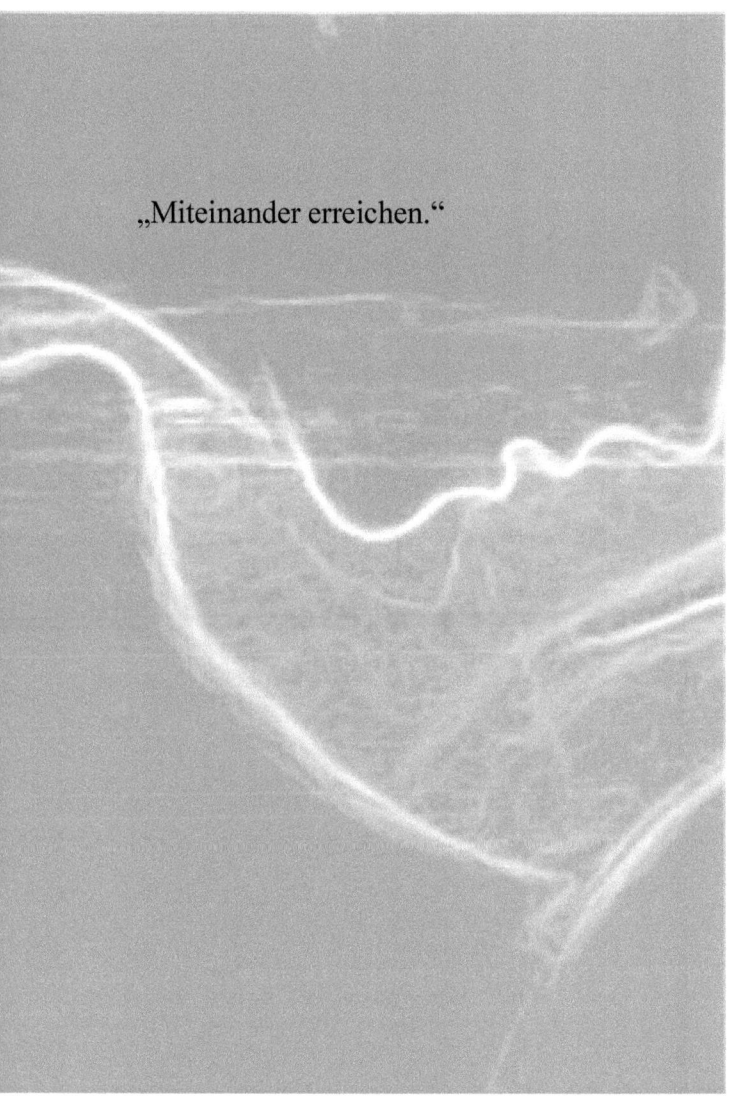

„Miteinander erreichen."

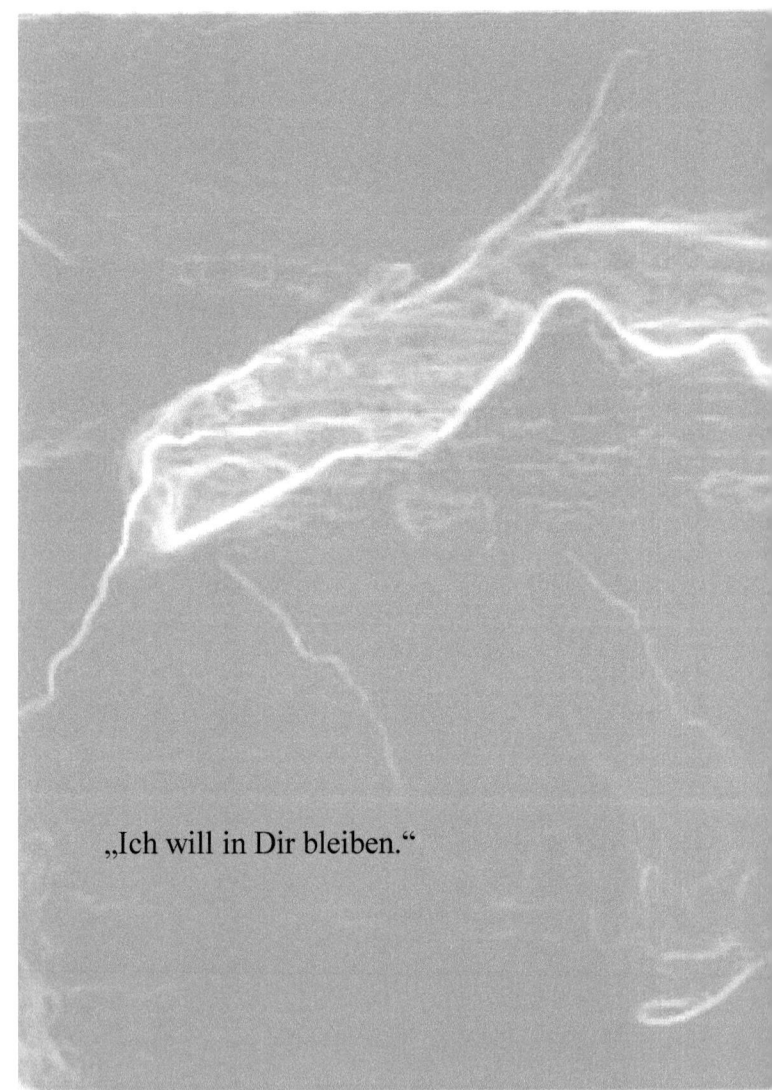

„Ich will in Dir bleiben."

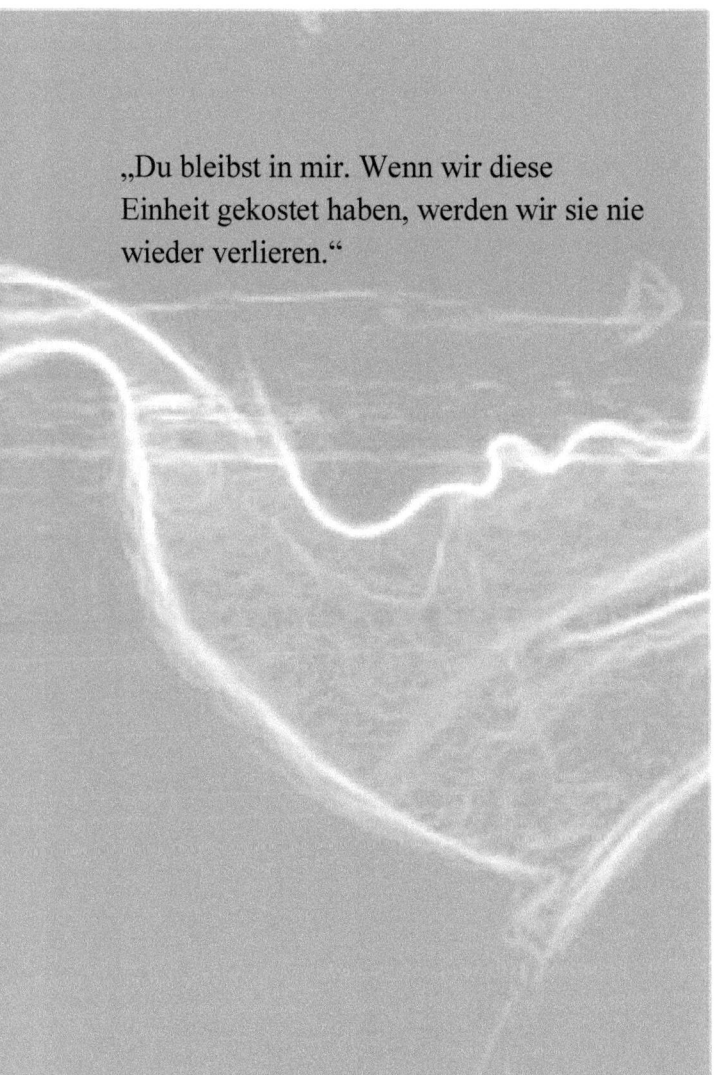

„Du bleibst in mir. Wenn wir diese
Einheit gekostet haben, werden wir sie nie
wieder verlieren."

132